進学する人のための日本語初級

［進學日本語初級 I］

——————— 練習帳 ———————

改訂版

日 本 学 生 支 援 機 構 授権
東京日本語教育センター

大　新　書　局 印行

『進学する人のための日本語初級　練習帳』について

1　本書は『進学する人のための日本語初級』（『本冊』）に付属する口頭練習用
　　教材として作成されたものである。

　　全22課を二分冊とし、『練習帳1』は1課から12課まで、『練習帳2』は13
　　課から22課までとなっている。

　　『本冊』で「言い方」として取り上げられている学習項目を導入した後、
　　その定着を図り、更に円滑な運用能力を身につけさせるという目的で作成
　　した。

　　なお、各練習は『本冊』の「言い方」の提出順に配置されている。従って、
　　文型導入後、すぐに関連した練習をすることもできる。

2　本書は『本冊』と合わせて学習することで、語彙力をつけることをも目的
　　としており、原則としてすべての語彙を習得させるのが望ましい。

　　なお、練習帳に初めて出てくる語彙には＊印をつけた。

3　表記は7課までは仮名分かち書き、8課からは、常用漢字を用いた漢字仮
　　名交じりとし、すべての漢字に振り仮名をつけた。日常一般に使われてい
　　る書き方になるべく早く触れさせたいという意図からである。

　　数字は原則として算用数字としたが、熟語として現れるものについては漢
　　数字を用いた。

4　各課の構成は次の通りである。

　　A　文型練習

各課の重要な文型を提出順に取り上げたもので、本書の主要部分を成す。活用の練習など、単純なものから、かなりの応用力を要するものまである。

練習は、『本冊』の「言い方」の順に並べられており、原則として、提出順が後になっている文型を先に使うことがないように配慮した。従って、ひとつの文型の導入が終了した時点ですぐ該当する練習を行うことが可能である。

作成にあたっては、イラストを多用するなどして、具体的なイメージをもちながら練習ができるように心がけた。イラストは、それを見なければ解答できない問題の場合には、全面、あるいはページの左側に、イラストがなくても可能だがイメージの喚起のために出す場合には、ページの右側に配してある。

イラストについては、文型導入時にも使えるものが多いと思われるので、活用されたい。

B 「友達に聞きましょう」

学生同士の会話練習。学生を二人一組にし、習った文型を使って自分のことを話させるためのものである。

C 「いろいろ話しなさい」

テーマを与えて自分で話させるもので、テーマは二種類ある。一つは提出文型を使って話させることに主眼を置いたもの、もう一つは本文の内容に即して自分の身の回りのことを話させるものである。作文のテーマとして使ってもよい。

D 「言いましょう」

各課で使われた主要文型の中から、自然なイントネーション、プロ

ミネンスをつけて発音する練習文が、音調記号付きで挙げられている。

練習帳・宿題帳作成グループ

　　長田みづゑ　　　　鈴藤和子

　　河路由佳　　　　　松本敏雄

　　高村郁子（イラスト）

同試用版改訂グループ

　　近藤晶子　　　　　戸田光子

　　鈴藤和子　　　　　山田浩三

　　増谷祐美　　　　　弓田純道

　　谷口正昭

1994年10月

国際学友会日本語学校

改訂にあたって

　2004年4月1日に国際学友会日本語学校は日本学生支援機構東京日本語教育センターと
なりました。

2005年10月
日本学生支援機構
東京日本語教育センター

目　次

1課

1. れいのように　いいなさい。

　　A　（れい）これは　（○とけい　　×ラジオ）

　　　　→　これは　とけいです。ラジオでは　ありません。

　　1．これは　（○ほん　　×*ノート）　これは　ほんです。ノートではありません。

　　2．これは　（○ラジオ　　×とけい）　これは　ラジオです。とけいではありません

　　3．それは　（○*ボールペン　　×*えんぴつ）
　　　　それは　ボールペンです。えんぴつではありません

　　4．あれは　（○びょういん　　×*がっこう）
　　　　あれは　びょういんです。がっこうではありません

　　5．わたしは　（○がくせい　　×せんせい）
　　　　わたしは　がくせいです。せんせいではありません

　　6．わたしは　（○………じん　　×*にほんじん）
　　　　わたしは　台湾じんです。にほんじんではあり
　　　　　　　　　　　　　　　　　　　　　　　　ません。

　　B　（れい）これは　（×ほん　　○ノート）

　　　　→　これは　ほんでは　ありません。ノートです。

　　1．これは　（×*じてんしゃ　　○オートバイ）
　　　　これはじてんしゃ　ではありません。オートバイです。

　　2．これは　（×とけい　　○ラジオ）
　　　　これはとけい　ではありません。ラジオです。

　　3．それは　（×えんぴつ　　○けしゴム）
　　　　それはえんぴつ　ではありません。けしゴム　です。

　　4．あれは　（×*ぎんこう　　○*ゆうびんきょく）
　　　　あれはぎんこうではありません。ゆうびんきょくです。

　　5．*ジョンさんは　（×*イギリスじん　　○*アメリカじん）
　　　　ジョンさんはイギリスじんではありません。アメリカじんです。

　　6．わたしは　（×にほんじん　　○………じん）
　　　　わたしはにほんじんではありません。台湾じんです。

2. えを　みて　こたえなさい。

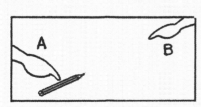

　　　　（れい）A：これは　えんぴつですか。

　　　　　　　　B：はい、それは　えんぴつです。

1. A：これは　とけいですか。

　　B： 🔒

　　はい、それはとけいです。

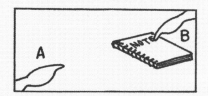

2. A：それは　ほんですか。

　　B： 🔒

　　い

3. A：あれは　ゆうびんきょくですか。

　　B： 🔒

　　はい，あれはゆうびんきょくです。

4. A：それは　*じしょですか。

　　B： 🔒

　　はい，これはじしょです。

5. A：あれは　ぎんこうですか。

　　B： 🔒

　　いいえ，あれはぎんこうではありません

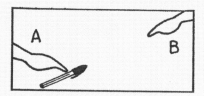

6. A：これは　えんぴつですか。

　　B： 🔒

7. A：これは　オートバイですか。

　　B： 🔒

　　いいえ　です

3. れいのように いいなさい。

(れい) これは ほんです。(わたし)

→ これは わたしの ほんです。

1. これは とけいです。(わたし)
これはわたしのとけいです。

2. それは *きょうかしょです。(すうがく)
それはすうがくのきょうかしょです。

3. あれは じてんしゃです。(ラヒムさん)
あれはラヒムさんのじてんしゃです。

4. これは じしょです。(*えいご)
これはえいごのじしょです。

5. これは けしゴムですか。(だれ)
これはだれのけしゴムですか。

6. これは *かさですか。(あなた)
これはあなたのかさですか

7. それは ざっしですか。(なん)
それはなんの ざっしですか.

8. あれは オートバイですか。(アリフさん)
あれはアリフさんの オートバイですか.

4. えを みて こたえなさい。

(れい1)

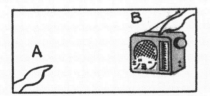

A：それは なんですか。

B：これは ラジオです。

A：それは だれの ラジオですか。

B：これは ジョンさんの ラジオです。

(れい2)

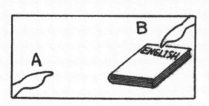

A：それは なんですか。

B：これは きょうかしょです。

A：それは なんの きょうかしょですか。

B：これは えいごの きょうかしょです。

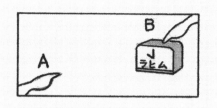

1. A：それは　なんですか。

　　B：🔓これはとけいです

　　A：それは　だれの　とけいですか。

　　B：🔓これけ ラヒムさんの とけいです

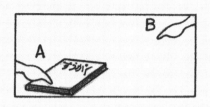

2. A：これは　なんですか。

　　B：🔓それはきょうかしょです。

　　A：これは　なんの　きょうかしょです

　　　か。

　　B：🔓それはすうがくの きょうかしょです

3. A：あれは　なんですか。

　　B：🔓あれはかばんです。

　　A：あれは　だれの　*かばんですか。

　　B：🔓あれはやまださんのかばんで

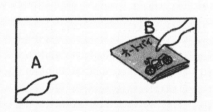

4. A：それは　ざっしですか。

　　B：🔓はい、これは ざっしです。

　　A：それは　なんの　ざっしですか。

　　B：🔓これはオートバイのざっしです。

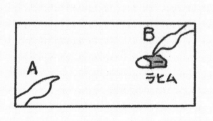

5. A：それは　けしゴムですか。

　　B：🔓しはい、これはけしゴムです。

　　A：それは　ラヒムさんのですか。

　　B：🔓はい、これはラヒムさんのけしゴ

6. A：これは　きょうかしょですか。

　　B：🔓 はい，これはきょうかしょです

　　A：これは　なんの　きょうかしょです

　　　か。

　　B：🔓 これはにほんごのきょうかしょです。

　　A：これは　アリフさんのですか。

　　B：🔓 いいえ，これはアリフさんのではあり

　　　　　　　　　　　　　　　　　　ません。

5. れいのように　いいなさい。

　　（れい1）これ　　○とけい

　　　　　　それ　　○とけい

　　→　これは　とけいです。それも　とけいです。

　　（れい2）これ　　×とけい

　　　　　　それ　　×とけい

　　→　これは　とけいでは　ありません。それも　とけいでは　あり

　　　ません。

　　（れい3）これ　　○とけい

　　　　　　それ　　×とけい

　　→　これは　とけいです。それは　とけいでは　ありません。

1. あれ　○ぎんこう　　あれはぎんこうです。

　　あれ　○ぎんこう🔓　あれもぎんこうです。

2. これ　×えんぴつ　　これはえんぴつではありません。

　　それ　×えんぴつ🔓　それもえんぴつではありません。

3. *シンさん　○*ちゅうごくじん　シンさんはちゅうごくじんで
　アリフさん　×ちゅうごくじん　🔒アリフさんはちゅうごくじんでは
　　　　　　　　　　　　　　　　　　　　　　　　ありま

4. これ　×わたしの　かさ　これはわたしのかさではありません。
　これ　×わたしの　かさ　🔒これもわたしのかさではありません。

5. それ　○すうがくの　きょうかしょ
　　　　　　　　　　　　　　　それはすうがくのきょうかしょです。
　これ　×すうがくの　きょうかしょ　🔒
　　　　　　　　　　これはすうがくのきょうかしょでは
　　　　　　　　　　　　　　　　　　　　　　ありま

6. やまだせんせい　○おんなの　せんせい
　　　　　　　　　　　　　やまだせんせいはおんなのせんせいです。
　*さとうせんせい　○おんなの　せんせい　🔒
　　　　　　　さとうせんせいもおんなのせんせいです。

7. わたし　×せんせい　わたしはせんせいではありません。
　ジョンさん　×せんせい　🔒ジョンさんもせんせいではありません。

8. これ　○わたしの　ノート　これはわたしのノートです。
　これ　×わたしの　ノート　🔒これはわたしのノートではありませ

6. えを　みて　こたえなさい。

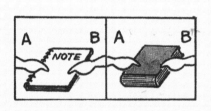

（れい）

A：これは　ノートですか。

B：はい、これは　ノートです。

A：これも　ノートですか。

B：いいえ、これは　ノートでは　あり

ません。ほんです。

1. A：アリフさんは　インドネシアじんで

　　　すか。

　B：はい、アリフさんはインドネシアじんです。

　A：ラヒムさんも　インドネシアじんで

　　　すか。

　B：いいえ、ラヒムさんはインドネシアじんでは

　　　ありません。マレーシアじんです。

2. A：やまだせんせいは　にほんごの　せ

　　　んせいですか。

　B：はい、やまだせんせいはにほんごの

　　　せんせいです。

　A：さとうせんせいも　にほんごの　せ

　　　んせいですか。

　B：いいえ、さとうせんせいはにほんごの

　　　せんせいではありません、えいごの（せんせい）

　　　です。

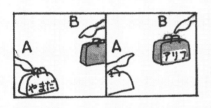

3. A：これは　だれの　かばんですか。

　B：それはやまだせんせいの（かばん）です。

　A：それも　やまだせんせいのですか。

　B：いいえ、これはやまだせんせいの（かばん）

　　　ではありません。アリフさんのです。

4. A：あれは　なんですか。

　B：あれはがっこうです。

　A：あれも　がっこうですか。

　B：いいえ、あれはがっこうではありません

　　　びょういんです。

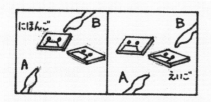

5. A：それは　なんの　*テープですか。

B：これはにほんごの テープです。

A：それも　にほんごの　テープですか。

B：いいえ、これは にほんごのテープでは ありません。えいご のテープです。

6. A：これは　アリフさんの　*ぼうしですか。

B：はい、これはアリフさんの ぼうしです。

A：あれも　アリフさんのですか。

B：いいえ、あれほアリフさんの ぼうしではありません。ラヒムさん の ぼうしです。

7. しつもんの　ぶんを　いいなさい。

1. A：あれ　なんの

B：あれは　ラジオです。

A：あれはだれの

B：あれは　アリフさんのです。

2. A：あなたはシンですか。

B：はい、わたしは　シンです。

A：あなたのせんせいはだれですか。

B：わたしの　せんせいは　さとうせんせいです。

A：さとうせんせいはおとこのせんせいですか

B：いいえ、さとうせんせいは　おとこの　せんせいでは　ありません。おんなの　せんせいです。

3. A： 🔓 それはあなたのじしょですか。

B：はい、それは　わたしの　じしょです。

A： 🔓 それはなのじしょですか。

B：それは　えいごの　じしょです。

A： 🔓 あれはえいごのじしょですか。

B：いいえ、あれは　えいごの　じしょでは　ありません。にほんご

　　の　じしょです。

8. ともだちに　ききましょう。

1. あなたは　*どなたですか。

2. あなたは　がくせいですか。

3. あなたの　せんせいは　だれですか。

　　おとこの　せんせいですか。

4. それは　なんですか。

　　それも　<u>がくせい</u>ですか。

5. これは　<u>えんぴつ</u>ですか。

6. これは　なんの　きょうかしょですか。

7. あれは　なんですか。

8. あれは　だれの　<u>オートバイ</u>ですか。

　　あれも　<u>やまださん</u>のですか。

9. はなしなさい。

*はじめまして。わたしは <u>はるか</u> です。

<u>台湾</u> じんです。

*どうぞ　よろしく　おねがいします。

いいましょう

A：それはなんですか。

B：これはとけいです。

A：だれのとけいですか。

B：わたしのとけいです。

2課

1. えを みて こたえなさい。

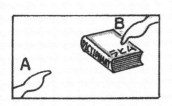

（れい）A：その じしょは だれのですか。

B：この じしょは ラヒムさんのです。

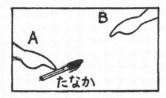

1. A：この ボールペンは だれのですか。

B：🔓

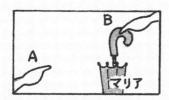

2. A：その かさは だれのですか。

B：🔓

3. A：あの オートバイは だれのですか。

B：🔓

4. A：その じしょは だれのですか。

B：🔓

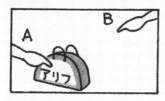

5. A：この かばんは アリフさんのですか。

B：🔓

6. A：あの やまは ふじさんですか。

B：🔓

2.えを みて こたえなさい。

1. ラヒムさんの ぼうしは *おおきいですか、
   *ちいさいですか。 🔒

2. チンさんの じてんしゃは あたらしいですか、
   *ふるいですか。 🔒

3. その *もんだいは やさしいですか、むずかし
   いですか。 🔒

4. その ほんは おもしろいですか、*つまらない
   ですか。 🔒

5. その りんごは おいしいですか、*まずいです
   か。 🔒

6. あの *まちは しずかですか、*にぎやかです
   か。 🔒

7. ジョンさんの へやは ひろいですか、せまい
   ですか。 🔒

3. えを みて れいのように いいなさい。

(れい)*しんじゅくは にぎやかです。

　　　　この まちは しずかです。

*かたかな

1. *ひらがなは やさしいです。 🔓

2. わたしの じてんしゃは あた

　らしいです。 🔓

3. *アンナさんの *かみは *な

　がいです。 🔓

*みじかい

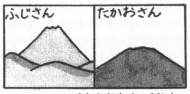

*たかおさん *ひくい

4. ふじさんは *たかいです。 🔓

*ほそい

5. アリフさんの *ズボンは *ふ

　といです。 🔓

6. しんじゅくは にぎやかです。 🔓

— 19 —

*かるい

7. アリフさんの かばんは *お
   もいです。🔒

*やすい

8. オートバイは *たかいです。🔒

*うすい

9. せんせいの じしょは *あ
   ついです。🔒

4. えを みて こたえなさい。

しょくいんしつ

1. ここは なんですか。🔒

ロビー

2. ここは なんですか。🔒

きょうしつ

3. あそこは なんですか。🔒

*しょくどう

4．ここは　なんですか。

*トイレ

5．あそこは　なんですか。

じむしつ

6．そこは　なんですか。

5．れいのように　こたえなさい。

（れい1）あなたは　がくせいですか。（がくせい）

はい、そうです。わたしは　がくせいです。

（れい2）あなたは　せんせいですか。（がくせい）

いいえ、そうでは　ありません。わたしは　がくせいです。

1．それは　あなたの　ほんですか。（わたしの　ほん）

2．あそこは　じむしつですか。（きょうしつ）

3．あの　*はなは　*さくらですか。（さくら）

4．あれは　ラヒムさんの　オートバイですか。

（アリフさんの　オートバイ）

5．あなたの　きょうしつは　*いっかいですか。（にかい）

6．マリアさんは　*フィリピンじんですか。（フィリピンじん）

6. えを みて しつもんの ぶんを いいなさい。

1. A： 🔓
   B：ここは ロビーです。

2. A： 🔓
   B：あそこは しょくどうです。

3. A： 🔓
   B：はい、わたしの きょうしつは ここです。

4. A： 🔓
   B：いいえ、そうでは ありません。しょくいんしつは にかいです。

5. A： 🔓
   B：トイレは あそこです。

6. A： 🔓
   B：いいえ、チンさんの へやは そこでは ありません。あそこです。

7. A： 🔓
   B：いいえ、じむしつは ここでは ありません。じむしつは あそこです。

7. ともだちに ききましょう。

１. あなたの ＊うちは どこですか。

２. あなたの へやは ひろいですか、せまいですか。

３. にほんごの べんきょうは むずかしいですか、やさしいですか。

４. あなたの かばんは おおきいですか、ちいさいですか。

５. あなたの きょうかしょは あたらしいですか、ふるいですか。

６. あなたの じしょは あついですか、うすいですか。

７. ＿＿＿＿＿さんの かみは ながいですか、みじかいですか。

8. はなしなさい。

ここは わたしの きょうしつです。わたしの きょうしつは

＿＿＿＿＿かいです。

わたしの きょうしつは＿＿＿＿＿＿です。わたしの せん

せいは＿＿＿＿＿＿せんせいです。＿＿＿＿＿＿＿せんせいは

＿＿＿＿＿＿＿の せんせいです。

いいましょう

A：あなたのきょうしつはひろいですか、せまいですか。

B：すこしせまいです。

3課

1. れいのように いいなさい。

(れい) そこは きょうしつです。(ひろい)

→ そこは ひろい きょうしつです。

1. ここは こうえんです。(しずか)
2. それは ボールペンです。(*くろい)
3. これは じしょです。(*いい)
4. あれは *えきです。(あたらしい)
5. これは かばんです。(*じょうぶ)
6. そこは きょうしつです。(ひろい)
7. あの たてものは なんですか。(おおきい)
8. その ぼうしは だれのですか。(しろい)
9. あの ひとは だれですか。(きれい)
10. この *くるまは *たなかさんのです。(*あかい)

2. れいのように いいなさい。

(れい) あそこは ひろい こうえんです。(しずか)

→ あそこは しずかな こうえんです。

1. これは おいしい りんごです。(おおきい)

2. この しろい はなは なんですか。(あかい)

3. *みずのさんは きれいな ひとです。(おもしろい)

4. ここは おおきい まちです。(にぎやか)

5. あそこは ひろい こうえんです。(しずか)

6. あの ちいさい どうぶつは なんですか。(かわいい) 🔒

7. これは ふるい *くつです。(じょうぶ) 🔒

8. ふじさんは たかい やまです。(きれい) 🔒

9. ちゅうごくは おおきい くにです。(ひろい) 🔒

10. この くろい かばんは だれのですか。(おもい) 🔒

3. れいのように いいなさい。

(れい1) ここ かばん

　　　→ ここに かばんが あります。

(れい2) あそこ せんせい

　　　→ あそこに せんせいが います。

1. あそこ くるま 車 🔒
あそこに くるまが あります
2. あそこ *ライオン 獅 🔒
あそこに ライオンが います
3. ここ *ぞう 象 🔒
ここに ぞうが います
4. ここ かさ 傘 🔒
ここに かさが あります
5. あそこ びょういん 病院 🔒
あります

6. そこ *とり 鳥 🔒
に とりが います
7. あそこ せんせい 先師 🔒
います
8. ここ ねこ 猫 🔒
います
9. ここ くつ 靴 🔒
あります
10. あそこ たなかさん 師 🔒
います

4. えを みて れいのように いいなさい。

(れい) つくえの うえに とけいが あります。

1. いけの なかに さかなが います。
2. うちのまえに 自転車 があります。
3. ふでばこの なかに えんぴつが あります 鉛筆、消しゴム、ケシゴム
4. 田中さんの うしろに 林さんが います
5. テーブルのうえに バナナとクッキーが あります

— 25 —

うちのまれ　れんぺっ

*いけ　*ふでばこ　*うしろ　*テーブル*バナナ

*いぬ　*となり　*ひきだし

5. れいのように　しつもんの　ぶんを　つくりなさい。

　　（れい1）A：じむしつに　だれが　いますか。

　　　　　　B：じむしつに　たなかさんが　います。

　　（れい2）A：つくえの　うえに　なにが　ありますか。

　　　　　　B：つくえの　うえに　ざっしが　あります。

　1．A：いけのなかになにがいますか。

　　　B：いけの　なかに　かめが　います。

　2．A：

　　　B：つくえの　うえに　ざっしが　あります。

　3．A：

　　　B：きの　うえに　とりが　います。

　4．A：

　　　B：ぎんこうの　となりに　ゆうびんきょくが　あります。

　5．A：

　　　B：じむしつに　たなかさんが　います。

　6．A：

　　　B：がっこうの　*まえに　としょかんが　あります。

7. A：🔒
   B：*もんの　まえに　ラヒムさんが　います。

8. A：🔒
   B：えきの　そばに　*ほんやや　*はなやなどが　あります。

9. A：🔒
   B：テーブルの　うえに　りんごや　バナナなどが　あります。

10. A：🔒
   B：こうえんに　アリフさんと　マリアさんが　います。

6. えを　みて　こたえなさい。

1. きの　したに　なにが　いますか。
   きの　うえには　なにが　いますか。🔒

2. つくえの　うえに　なにが　ありますか。
   つくえの　したには　なにが　ありますか。🔒

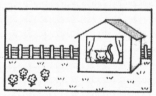

3. うちの　なかに　なにが　いますか。
   にわには　なにが　いますか。🔒

4. *ドアの　まえに　だれが　いますか。
   まどの　そばには　だれが　いますか。🔒

5. きょうしつに　なにが　ありますか。
   *ろうかには　なにが　ありますか。🔒

6. くるまの　まえに　なにが　ありますか。

　　くるまの　うしろには　なにが　ありますか。🔒

7. にわに　だれが　いますか。

　　うちの　なかには　だれが　いますか。🔒

8. いすの　うえに　なにが　いますか。

　　いすの　したには　なにが　いますか。🔒

7. れいのように　いいなさい。

（れい）A：（じてんしゃ）

　　　　B：（もんの　そば）

　→　A：じてんしゃは　どこに　ありますか。

　　　B：じてんしゃは　もんの　そばに　あります。

1. A：（ぎんこう）🔒

　　B：（えきの　そば）🔒

2. A：（やまだせんせい）🔒

　　B：（きょうしつ）🔒

3. A：（*テレビ）🔒

　　B：（*ほんだなの　うえ）🔒

4. A：（かめ）🔒

　　B：（いけの　なか）🔒

5. A：（しょくいんしつ）

　　B：（にかい）

6. A：（じてんしゃ）

　　B：（もんの　そば）

7. A：（ラヒムさん）

　　B：（しょくどう）

8. A：（とり）

　　B：（きの　うえ）

9. A：（にほんごの　じしょ）

　　B：（つくえの　うえ）

10. A：（ねこ）

　　B：（くるまの　なか）

8. ここは　アリフさんの　へやです。えを　みて　こたえなさい。

*シャツ　*ベッド　*くずかご

1. へやの　なかに　だれが　いますか。

2. アリフさんは　どこに　いますか。

— 29 —

3. ラヒムさんも　いますか。　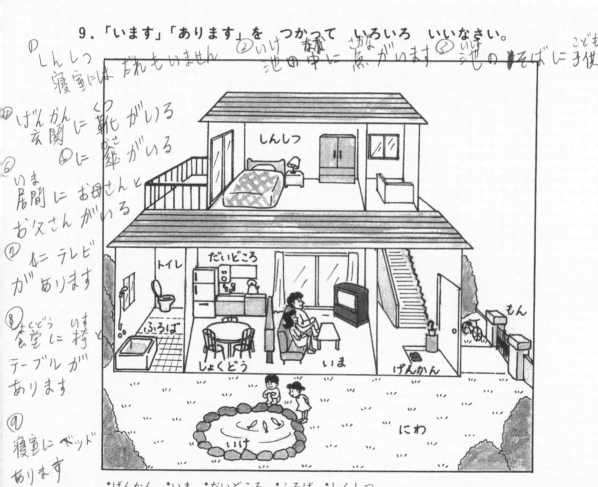

4. へやの　なかに　ベッドが　ありますか。

5. ベッドの　うえに　なにが　ありますか。

6. ベッドの　したには　なにが　ありますか。

7. ベッドの　そばには　なにが　ありますか。

8. つくえの　うえに　なにが　ありますか。

9. テレビも　ありますか。

　　テレビは　どこに　ありますか。

10. くずかごは　どこに　ありますか。

9.「います」「あります」を　つかって　いろいろ　いいなさい。

① しんしつ
　寝室には　だれもいません

② いけ
　池の中に　魚がいます

③ いけ
　池の　そばに　子供か

④ げんかん
　玄関に　靴がいる

⑤ に　傘がいる

⑥ いま
　居間に　お母さんと
　お父さんがいる

⑦ に　テレビ
　があります

⑧ 食堂に　椅子と
　テーブルが
　あります

⑨ 寝室に　ベッド
　あります

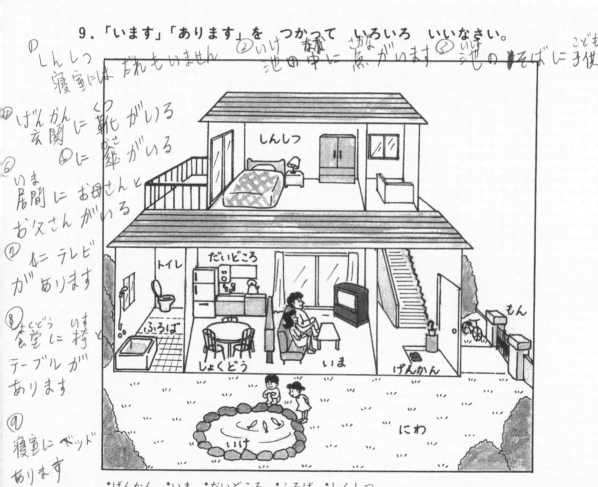

*げんかん　*いま　*だいどころ　*ふろば　*しんしつ

10. えを みて こたえなさい。

1. アリフさんの かばんは どれですか。 🔒

2. マリアさんは どの ひとですか。 🔒

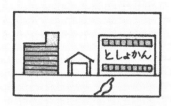

3. としょかんは どの たてものですか。 🔒

4. えいごの きょうかしょは どれですか。 🔒

5. あなたの じしょは どれですか。 🔒

6. リサさんは どの ひとですか。 🔒

*リサ

11. ともだちに ききましょう。

1. どうぶつえんには なにが いますか。

2. すいぞくかんには　なにが　いますか。

3. あなたの　きょうしつには　なにが　ありますか。

4. *いま　きょうしつには　だれが　いますか。

5. いま　せんせいは　どこに　いますか。

6. あなたの ＿＿＿＿＿＿の　なかには　なにが　ありますか。

7. あなたの ＿＿＿＿＿＿は　どこに　ありますか。

8. あなたの　うちは　どこに　ありますか。

9. あなたの　うちの　そばには　なにが　ありますか。

10. じむしつ（しょくいんしつ、ロビー、しょくどう）は　どこに　あり
ますか。

12. あなたの　うちは　どこに　ありますか。いろいろ　はなしなさい。

いいましょう

A：つくえのうえに　なにがありますか。

B：あついじしょがあります。

A：つくえのしたには　なにがありますか。

B：なにもありません。

4課

1. れいのように 「いいえ、……ません」で こたえなさい。

(れい) その ほんは おもしろいですか。

いいえ、この ほんは おもしろく ありません。

1. あなたの へやは ひろいですか。🔒
   いいえ、わたしのへやは ひろくなりません
2. その みかんは *あまいですか。🔒
   いいえ、このみかんは あまくなりません
3. あの みせの ひとは *しんせつですか。🔒 親切
   いいえ、あのみせのひとは しんせつっでわなりません
4. その じしょは いいですか。🔒 いい→よくありません
   いいえ、このじしょはよくありません
5. あなたの *アパートは きれいですか。🔒 よくないです
   きれいではありません
6. この カレーは *からいですか。🔒 辛い
   からくなりません
7. その *ステレオは たかいですか。🔒
   たかくありません
8. えきの まえは にぎやかですか。🔒 前
   にぎやかではありません
9. えきの まえの スーパーは やすいですか。🔒
   やすくなりません
10. がっこうの ちかくの こうえんは しずかですか。🔒
    学校 近くの
    しずかではありません

2. れいのように いいなさい。

(れい) この じしょは あついです。おもいです。

→ この じしょは あつくて おもいです。

1. この みかんは あまいです。おいしいです。🔒
   あまくて おいし( )です
2. この こうえんは しずかです。きれいです。🔒
   しずかで きれいです
3. この いすは かるいです。じょうぶです。🔒
   かるくて じょうぶです
4. この *にくは *かたいです。まずいです。🔒
   かたくて まずいです
5. この かばんは じょうぶです。*べんりです。🔒
   じょうぶで べんりです
6. この ジュースは やすいです。おいしいです。🔒
   やすくて おいしいです

7. この　＊れいぞうこは　おおきいです。べんりです。🔒
　　おおきくて　べんりです

8. この　ボールペンは　ふといです。みじかいです。🔒
　　ふとくて　みじかいです

9. この　くつしたは　じょうぶです。やすいです。🔒
　　じょうぶで　やすいです

10. この　にわは　ひろいです。きれいです。🔒
　　ひろくて　きれいです

3．れいのように　いいなさい。

　　（れい）あそこに　いぬが　います。（くろい、おおきい）

　　　→　あそこに　くろくて　おおきい　いぬが　います。

1．れいぞうこの　なかに　りんごが　あります。（おおきい、おいしい）🔒

2．うちの　ちかくに　こうえんが　あります。（ひろい、しずか）🔒

3．いけの　なかに　さかなが　います。（あかい、ちいさい）🔒

4．えきの　まえに　たてものが　あります。（おおきい、きれい）🔒

5．たなかさんの　うちに　テレビが　あります。

　　（あたらしい、おおきい）🔒

6．ひきだしの　なかに　じしょが　あります。（ちいさい、べんり）🔒

7．あの　きの　うえに　とりが　います。（しろい、かわいい）🔒

8．ぎんこうの　となりに　レストランが　あります。（しずか、きれい）🔒

4．えを　みて　こたえなさい。

1．いすは　いくつ　ありますか。🔒
　　いすは　やっつ　あります
　　テーブルは　いくつ　ありますか。🔒
　　　　　ふたつ　あります

2．＊おとこの　＊こは　なんにん　いますか。🔒
　　おとこのこはよにん　います
　　＊おんなの　こは　なんにん　いますか。🔒
　　おんなの　こは　ふたり　います

3. えんぴつは　なんぼん　ありますか。🔒
　　えんぴつは　じっぽん　あります
　　ボールペンは　なんぼん　ありますか。🔒
　　ボールペンは　きゅうほん　あります

4. ノートは　なんさつ　ありますか。🔒
　　ノートは　ろくさつ
　　じしょは　なんさつ　ありますか。🔒
　　　　　　ごさつ

5. うしは　なんとう　いますか。🔒
　　　　　いっとう
　　うまは　なんとう　いますか。🔒
　　　　　さんとう

6. くるまは　なんだい　ありますか。🔒
　　　　　　いちだい
　　じてんしゃは　なんだい　ありますか。🔒
　　　　　　ななだい

7. ねこは　なんびき　いますか。🔒
　　　　　はっぴき
　　いぬは　なんびき　いますか。🔒
　　　　　さんびき

8. ＊はがきは　なんまい　ありますか。🔒
　　　　　　ごまい
　　＊きっては　なんまい　ありますか。🔒
　　　　　　ごまい

5. れいのように　いいなさい。

　A（れい）ふでばこの　なかに　けしゴムが　あります。（1）

　　→　ふでばこの　なかに　けしゴムが　ひとつ　あります。

1．きょうしつに　がくせいが　います。(14) 🔒

2．*たんすの　なかに　シャツが　あります。(5) 🔒

3．あそこに　ぞうが　います。(2) 🔒

4．かばんの　なかに　ほんが　あります。(3) 🔒

5．もんの　まえに　じてんしゃが　あります。(8) 🔒

B　(れい)　つくえの　うえに　ほんと　ノートが　あります。

　　　　(ほん　2　　　ノート　1)

　　→　つくえの　うえに　ほんが　にさつと　ノートが　いっさつ　あ

　　ります。

1．テーブルの　うえに　*おさらと　*コップが　あります。

　　(おさら　10　　　コップ　5) 🔒 じゅうまい

テーブルの　うえに　おさらが　じゅうまい　とコップが　いつつが　あります

2．くるまの　したに　おおきい　ねこと　ちいさい　ねこが　います。

　　(おおきい　ねこ　1　　　ちいさい　ねこ　3) 🔒

おおきい　ねこが　いっぴきと　ちいさい　ねこがさん　びき　います

3．テーブルの　うえに　みかんと　バナナが　あります。

　　(みかん　3　　　バナナ　4) 🔒

みかんが　みっつ　とバナナ　よんほん

4．げんかんに　くつと　かさが　あります。

　　(くつ　2　　　かさ　1) 🔒

くつ　にそくと　いっぽん

5．つくえの　なかに　ボールペンと　ノートが　あります。

　　(ボールペン　1　　　ノート　2) 🔒

いっぽ　　　　にさつ

6. えを みて いろいろ いいなさい。

(れい) つくえの うえに じしょが さんさつ あります。

7. れいのように いいなさい。

A (れい) この けしゴム　　　　　120

→　A：この けしゴムは いくらですか。

B：ひゃくにじゅうえんです。

1. この *ぎゅうにゅう　　　　234　🔒 にひゃくさんじゅうよ えん

2. この りんご　　　　　　　198　🔒

3. この ほんだな　　　　　　6700　🔒

4. あの くろい くつ　　　　9800　🔒

5. この *あおい シャツ　　　3090　🔒

6. この れいぞうこ　　　　　68400　🔒

— 37 —

B (れい) この　りんご　　　　　　（1）　　　　　150

→　A：この　りんごは　いくらですか。

B：いっこ　ひゃくごじゅうえんです。

1．この　ノート　いくら　　　　　（1）　　　　145 🔒
　　　いっさつ　ひゃく　よんじゅう　ごえんです
2．この　にく　　　　　　　　（100*グラム）え　118 🔒
　　　ひゃくグラム　ひゃくじゅうはちえんです
3．この　しろい　はな　　　　　（1）　　　　300 🔒
　　　いっぽん　　さんびゃくえんです
4．この　くつした　　　　　　　（3）　　　　980 🔒
　　　さんぞく　　きゅうひゃくはちじゅうえんです
5．この　さかな　　　　　　　　（1）　　　　570 🔒
　　　いっぴき　ごひゃくなな　じゅうえんです
6．この　ハンカチ　　　　　　　（1）　　　　600 🔒
　　　いちまい　ろっぴゃくえんです

8．れいのように　いいなさい。

A (れい) ボールペン　1

→　ボールペンを　いっぽん　ください。

1．たまご　　10　🔒

2．この　にく　　200グラム　🔒

3．みず　　1　🔒

4．この　かみ　　50　🔒

5．この　さかな　　3　🔒

B (れい) りんご　2　／　みかん　3

→　りんごを　にこと　みかんを　さんこ　ください。

1．はがき　　8　／　80えんきって　　6　🔒

2．ノート　　5　／　ボールペン　　3　🔒

3．みかん　　10　／　りんご　　5　🔒

4．この　シャツ　　7　／　この　くつした　　3　🔒

5．ハンバーグ　　2　／　＊ビール　　1　🔒

9．れいのように　いいなさい。

（れい）わたし　　　いぬ　　すき

　　　→　わたしは　いぬが　すきです。

1．わたし　　　はな　　　すき　🔒

2．シンさん　　　すうがくの　べんきょう　　　すき　🔒

3．アンナさん　　　なに　　　すき　🔒

4．わたし　　　ビール　　　きらい　🔒

5．リサさん　　　カレー　　　きらい　🔒

10．れいのように　こたえなさい。

（れい）A：あなたは　どれが　いいですか。

（みかん　　りんご　　バナナ）

B：わたしは　りんごが　いいです。

1．あなたは　どれが　いいですか。

（カレー　　エビフライ　　ハンバーグ）🔒

2．あなたは　どれが　いいですか。

（＊コーラ　　ジュース　　ビール）🔒

3．あなたは　どれが　いいですか。

（あかい　はな　　しろい　はな　　あおい　はな）🔒

4．あなたは　どれが　いいですか。

（バナナ　　みかん　　りんご）🔒

11. ともだちに ききましょう。

1. きょうしつに なにが ありますか。

2. あなたの へやは なんがいですか。

3. あなたの へやは ひろいですか。

4. あなたの かばんは おもいですか。

5. あなたの じしょは あついですか。

6. にほんごの べんきょうは どうですか。

7. あなたの くにの りょうりは からいですか。

8. あなたは からい *ものが すきですか。

   あまい ものは どうですか。

9. あなたは いぬが すきですか。

   ねこは どうですか。

12. あなたの きょうしつに ついて はなしなさい。

いいましょう

A：このちかくに いいみせが ありますか。

B：ええ。ぎんこうのとなりにしずかなレストランがありますよ。

A：そうですか。りょうりはどうですか。

B：おいしいですよ。

5課

1. れいのように　いいなさい。

（れい）　2：02　→　にじにふんです。

1. 9：15　　　　　5. 12：30　　　　9. 2：16

2. 4：39　　　　　6. 10：58　　　　10. 3：27

3. 7：41　　　　　7. 5：04　　　　11. 6：03

4. 11：20　　　　8. 1：42　　　　12. 8：45

2. れいのように　いいなさい。

（れい）

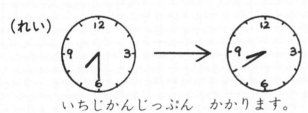

いちじかんじっぷん　かかります。

1.

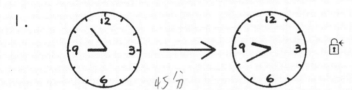

45分

2.

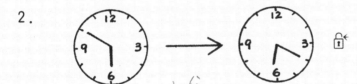

30分

3.

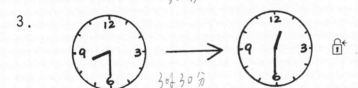

3時30分

4.

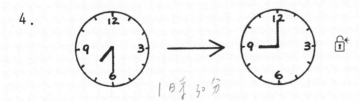

1時30分

5.

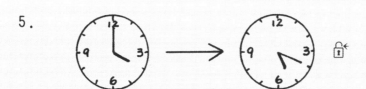

6. 8：00～12：00

7. 3：00～3：50

8. 12：00～9：00

9. 7：10～7：50

10. 10：30～11：50

3. えを みて れいのように いいなさい。

(れい) *ごはんを たべます。　test

れい

1 コーヒーを のみます

2 *よむ ほんを よみます

3 シャワーを あびます

4 にほんごを べんきょうします　*は　*みがく はをみがき

5 *みがく はをみがき

6 *あらう おさらを あらいます

7 テレビを みます

8 *かう りんごを かいます

9 おんがくを ききます

10 おふろに はいります

11 *バス *のる
バス に のります

12 *かえる うちを でます
学校へ きます
うちへ かえります

test

4. しつもんに こたえなさい。

1. あなたは まいあさ なにを たべますか。（パン）
わたしは まいあさ パをたべます

2. あなたは なにを かいますか。（たまご）
わたしは たまごを かいます

3. あなたは なんの べんきょうを しますか。（にほんご）
わたしは にほんごのべんきょうをします

4. アリフさんは どこへ いきますか。（ぎんこう）
アリつさんは ぎんこうへいきます

5. ラヒムさんは なんじに ここへ *きますか。（9:00）
くじに ここへ きます

6. たなかさんは なにに のりますか。（バス）
バスに のります

7. アンナさんは なんじに へやを でますか。（7:40）
しちじ よんじっぷん

8. ここから えきまで なんぷんぐらい かかりますか。（15ふん）
じゅうごふん

9. あなたは まいばん なんじかんぐらい べんきょうを しますか。
さんじかんぐらい
（さんじかんぐらい）

10. なんじから なんじまで べんきょうを しますか。
はちじ から じゅういちじ まで
（8:00〜11:00）

11. あなたの がっこうは なんじに はじまりますか。（9:10）
くじ じっぷん

12. なんじに *おわりますか。（4:00）
よじ

13. あなたは *ばんごはんの まえに なにを しますか。（シャワー）
シャワーを あびます

14. ばんごはんの あとで なにを しますか。（テレビ）
テレビ を みます

5課

— 43 —

5. これは　アリフさんの　*いちにちです。しつもんに　こたえなさい。

1. アリフさんは　まいあさ　なんじごろ　おきますか。🔒

2. なんじに　*あさごはんを　たべますか。🔒

3. アリフさんは　*まいにち　どこへ　いきますか。🔒

4. なんじに　うちを　でますか。🔒

5. がっこうは　なんじに　はじまりますか。🔒

6. *ごぜんちゅうは　なんの　べんきょうを　しますか。🔒

7. *ひるやすみは　どのくらいですか。🔒

8. *ごごは　なんの　べんきょうを　しますか。🔒

9. がっこうは　なんじに　おわりますか。🔒

10. なんじごろ　うちへ　かえりますか。🔒

11. ばんごはんの　まえに　なにを　しますか。🔒

12. ばんごはんの　あとで　なにを　しますか。🔒

13. *よる　なんじから　なんじまで　べんきょうを　しますか。🔒

14. なんじかんぐらい　ねますか。🔒

6. れいのように　こたえなさい。

（れい1）あなたは ＊あさ　ぎゅうにゅうを
のみますか。（コーヒー）
いいえ、ぎゅうにゅうは　のみま
せん。コーヒーを　のみます。

（れい2）あなたは ＊こんばん　しんじゅく
へ　いきますか。（＊しぶや）
いいえ、しんじゅくへは　いきま
せん。しぶやへ　いきます。

（れい3）あなたは　よる　よしゅうを　し
ますか。（あさ）
いいえ、よるは　しません。あさ
します。

1．あなたは　まいあさ　はちじに　うちを
でますか。（はちじはん）🔓

2．あなたは　あさ　＊パンを　たべますか。
（ごはん）🔓

3．あなたは ＊なつやすみに　＊うみへ　いき
ますか。（やま）🔓

4. あなたの ＊かいしゃは くじに はじま
りますか。（くじはん）

5. あなたは にほんごの ＊しんぶんを よ
みますか。（えいごの しんぶん）

6. あなたは あさ シャワーを あびます
か。（よる）

7. あなたは テレビを かいますか。
（＊ラジカセ）

8. あなたは なつやすみに くにへ かえ
りますか。（＊ふゆやすみ）

7. しつもんに こたえなさい。

（れい1） A：なにか のみますか。（ビール）

B：はい、ビールを のみます。

（れい２）　Ａ：ろうかに　だれか　いますか。（いいえ）

　　　　　　Ｂ：いいえ、だれも　いません。

（れい３）　Ａ：にわに　なにか　いますか。（いぬ）

　　　　　　Ｂ：はい、いぬが　います。

１．なにか　たべますか。（サンドイッチ）🔒

２．かばんの　なかに　なにか　ありますか。（いいえ）🔒

３．いけに　なにか　いますか。（さかな）🔒

４．なにか　のみますか。（いいえ）🔒

５．ロビーに　だれか　いますか。（アリフさん）🔒

６．*はこの　なかに　なにか　ありますか。（*ケーキ）🔒

７．なにか　かいますか。（*スカート）🔒

８．なにか　よみますか。（しんぶん）🔒

９．きょうしつに　だれか　いますか。（いいえ）🔒

10．きの　うえに　なにか　いますか。（いいえ）🔒

8．「ごろ」か　「ぐらい」を　いれなさい。

１．この　がっこうには　*りゅうがくせいが　よんひゃくにん（
　　ぐらい　）います。🔒

２．わたしは　いちじはん（　ごろ　）*ひるごはんを　たべます。そし
　　て、にじ（　ごろ　）から　いちじかんはん（　ぐらい　）*うんど
　　うを　します。🔒🔒🔒

３．わたしは　こんばん　しちじ（　ごろ　）あなたの　へやへ　いき
　　ます。🔒

4. ＊せんたくきは　いくら（　ぐらい　）ですか。🔓

5. あなたの　へやから　ここまで　なんぷん（　ぐらい　）かかります
　　か。🔓

6. ＊とうきょうには　だいがくが　いくつ（　ぐらい　）ありますか。🔓

7. あなたは　まいにち　なんじ（　ごろ　）うちへ　かえりますか。🔓

8. この　としょかんには　ほんが　じゅうまんさつ（　ぐらい　）あり
　　ます。🔓

9.　しつもんの　ぶんを　いいなさい。

1．A：🔓

　　B：わたしは　エビフライを　たべます。

2．A：🔓

　　B：わたしは　ぎんこうへ　いきます。

3．A：🔓

　　B：いいえ、わたしは　ぎんこうへは　いきません。ゆうびんきょくへ
　　　　いきます。

4．A：🔓

　　B：わたしは　しちじから　はちじまで　テレビを　みます。

5．A：🔓

　　B：うちから　がっこうまで　よんじっぷんぐらい　かかります。

6．A：🔓

　　B：どようびの　ごぜんちゅうは　＊そうじや　＊せんたくなどを
　　　　します。

7. A：🔒
   B：わたしは　こんばん　しちじごろ　うちへ　かえります。

8. A：🔒
   B：いいえ、わたしは　なにも　のみません。

9. A：🔒
   B：いいえ、いま　ホールには　だれも　いません。

10. ともだちに　ききましょう。

1. あなたは　あさ　なにを　たべますか。
   なにか　のみますか。

2. あなたは　あさごはんの　まえに　はを　みがきますか、あさごはん
   の　あとで　はを　みがきますか。

3. あなたは　なんじごろ　がっこうへ　きますか。

4. うちから　がっこうまで　どのくらい　かかりますか。

5. がっこうは　なんじに　はじまりますか。

6. がっこうの　ひるやすみは　なんぷんぐらいですか。

7. あなたは　ひるやすみに　なにを　しますか。

8. がっこうは　なんじに　おわりますか。

9. あなたは　なんじごろ　ばんごはんを　たべますか。

10. ばんごはんの　あとで　なにを　しますか。

11. あなたは　テレビが　すきですか。
    まいにち　なんじかんぐらい　みますか。

5課

12. あなたは あした がっこうへ きますか。

13. *やすみの ひには なにを しますか。

11. あなたの いちにちを はなしなさい。

いいましょう

A：わたしは じゅういちじごろねます。

そして、ろくじにおきます。

B：ろくじですか。はやいですね。

6課

1. れいのように　いいなさい。

(れい) きょねん　→　わたしは　きょねん　*きょうとへ　いきました。

らいげつ　→　わたしは　らいげつ　きょうとへ　いきます。

1. きのう　🔒　いきました

2. あさって　🔒　いきます

3. らいねん　🔒　いきます
明年

4. せんしゅう　🔒　いきました

5. おととい　🔒　いきました

6. らいしゅう　🔒　いきます

7. せんげつ　🔒　いきました

8. あした　🔒　いきます

9. きょねん　🔒　いきました
去年

10. らいげつ　🔒　いきます
来月

2. れいのように　いいなさい。

(れい) わたしは　らいげつ　テレビを　かいます。(せんげつ)

→　わたしは　せんげつ　テレビを　かいました。

1. ラヒムさんは　まいあさ　ぎゅうにゅうを　のみます。(*けさ)　🔒
今日
ラヒムさんは　今朝　牛乳を飲みました

2. アンナさんは　*まいしゅう　げつようびに　びょういんへ　いきます。(せんしゅうの　げつようび)　🔒
毎週　　月一　先週
アンナさんは　せんしゅうの　げつようびに
病院へいきました

3. わたしは　どようびの　よるは　べんきょうを　しません。(*ゆうべ)　🔒
晚上　晚上
私は　昨夜は　勉強をしませんでした
昨天晚上

4. わたしは　こんばんは　テレビを　みません。(けさ)　🔒
私は　今朝は　テレビを　見ませんでした
今早

5. ジョンさんは　らいしゅう　くにへ　かえります。(せんしゅう)　🔒
ジョンさんは　先週　国へ　帰りました

6. リサさんの　おかあさんは　らいねん　にほんへ　きます。(きょねん)　🔒
リサさんの　お母さんは　去年　日本へ　来ました

— 51 —

7. アリフさんは *こんやは うちに いません。(おとといの よる) 🔒
    アリフさんは おとといの よるは いませんでした

8. わたしは あした *たいしかんへ いきます。(きのう) 🔒
    私は昨日大使館へ 行きました

9. リサさんは あしたは がっこうへ きません。(きのう) 🔒
    リサさんは 昨日は 学校へ 行ませんでした

10. わたしは らいねんの ふゆやすみに *ほっかいどうへ いきます。
    私は 去年の 夏休みに 北海道へ 行きました
    (きょねんの なつやすみ) 🔒

11. わたしは らいげつ テレビを かいます。(せんげつ) 🔒
    私は先月テレビを買いました

12. わたしは あした *しんかんせんに のります。
    私は 先週の 木曜日に 新幹線に 乗りました
    (せんしゅうの もくようび) 🔒

3. ( )の ことばを つかって ぶんを かんせいしなさい。

1. この もんだいは むずかしい
   です。しかし、*このまえの も
   んだいは 簡単でした 。
   (*かんたん) 🔒

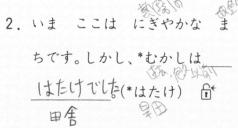

2. いま ここは にぎやかな ま
   ちです。しかし、*むかしは
   はたけでした (*はたけ) 🔒
   田舎

3. きょうは *あついです。しかし、
   きのうは 涼しかったです
   (*すずしい) 🔒

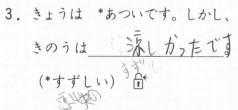

6課

— 52 —

4. わたしは　いま　*にんじんが

　　すきです。しかし、こどもの 小時候

　　*ときは　にんじんが　<u>嫌らいでした</u>

　　時候

　　<u>　　　　　　　　　　</u>。（きら

　　い）

5. ことしの　*ふゆは　*あたたか 好天　温暖の

　　いです。しかし、きょねんの ふ

　　ゆは　<u>寒かったです</u>　　 冬の

　　　　　さむ　　　　　　　　。

　　（*さむい）

6. こんげつは　*ひまです。しかし、

　　せんげつは　<u>忙しかったです</u>

　　　　　　　　いそが

　　（*いそがしい）

⑦. きょうは　いい　てんきです。

　　しかし、きのうは　<u>雨でした</u>

　　<u>　　　　　　　</u>。（*あめ）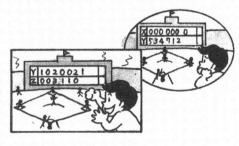

8. この　しあいは　おもしろいで

　　すね。しかじ、せんしゅうの　し

　　あいは　<u>つまらなかったです</u>

　　（つまらない）

6課

4. 「いいえ、……ませんでした」で こたえなさい。

(れい) きのうは あつかったですか。

いいえ、あつく ありませんでした。

1. あの みせの カレーは おいしかったですか。
   いいえ、おいしくありませんでした
2. あなたは こどもの とき うんどうが すきでしたか。
   いいえ、好きではありませんでした
3. その くつは たかかったですか。
   いいえ、たかくありませんでした
4. みせの ひとは しんせつでしたか。
   しんせつではありませんでした
5. きのうの しあいは おもしろかったですか。
   いいえ、面白くありませんでした
6. きのうは いい てんきでしたか。
   いいえ、ではありませんでした よくありませんでした
7. やまの うえは きれいでしたか。
   きれいではありませでした
8. きのうの *コンサートは よかったですか。
   よくありませんでした
9. きのうは あつかったですか。
   あつくありませんでした
10. このまえの しけんは むずかしかったですか。
    難しくありませんでした
    むずか

5. れいのように いいなさい。

(れい) わたしは ゆうべ ハンバーグを たべました。(レストラン)

→ わたしは ゆうべ レストランで ハンバーグを たべました。

1. わたしは きのう *Tシャツを かいました。(しんじゅく)
   しんじゅくで
2. わたしは ひるやすみに しんぶんを よみます。(ロビー)
   ロビーで
3. わたしは まいあさ でんしゃに のります。(*なかの)
   なかので
4. わたしは けさ でんしゃを *おりました。(*いけぶくろ)
   いけぶくろで
5. わたしは きょう よじから ごじまで ふくしゅうします。
   きょうしつで
   (きょうしつ)

6．わたしは　あしたの　ごご　サッカーを　します。
うんどうじょうで
（*うんどうじょう）🔒

7．ラヒムさんは　ゆうべ　テレビを　みました。（チンさんの　うち）🔒
チンさんのうちで

8．チンさんは　あさって　たなかさんと　しょくじを　します。
しぶやで
（しぶや）🔒

6．れいのように　いいなさい。

（れい）きむらさん　　えいご　　わかります

→　きむらさんは　えいごが　わかります。

1．となりの　へや　から　ピアノの　おと　が　きこえます　🔒

2．あのひと　は　にほんご　が　わかりません　🔒

3．あなた　は　テレビの　ニュース　が　わかりますか　🔒

④．しんかんせんの　まど　から　ふじさん　が　みえます　🔒

5．わたし　はこの　*ことばの　*いみ　が　わかりません　🔒

⑥．*ようちえんの　にわ　から　こどもの　*こえ　が　きこえます　🔒

7．あなたの　へや　から　うみ　が　みえますか　🔒

8．きむらさん　は　えいご　が　わかります　🔒

7．れいのように　いいなさい。

（れい1）あなたは　こんばん　どこかへ　いきますか。（はい、*うえの）

はい、うえのへ　いきます。

（れい2）あなたは　にちようびに　どこかへ　いきますか。（いいえ）

いいえ、どこへも　いきません。

1．きょうしつに　だれか　いますか。（はい、アリフさん）🔒
はい、アリフさん　がいます。

2. はこの　なかに　なにか　ありますか。（いいえ）🔒
　　いいえ、なにもありません

3. あなたは　まいしゅう　きんようびに　どこかへ　いきますか。
　　はい、びょういんへ　いきます
　　　　　　　　　　（はい、びょういん）🔒

4. あなたは　せんしゅうの　にちようびに　どこかへ　いきましたか。
　　いいえ、どこもいきませんでした
　　　　　　　　　　　　　（いいえ）🔒

5. あなたは　あしたの　ごご　どこかへ　いきますか。（いいえ）🔒
　　いいえ、どこもいきません

⑥ あなたは　ゆうべ　どこかへ　いきましたか。
　　はい、東京ドームへ　いきました
　　　　　　　（はい、とうきょうドーム）🔒

7. あなたは　きのう　しんじゅくで　なにか　かいましたか。
　　いいえ、なにも買いませんでした
　　　　　　　　　　　　　（いいえ）🔒

8. あなたは　しょくじの　まえに　なにか　のみますか。
　　はい、ビールを飲みます（はい、ビール）🔒

6課

8.　しつもんに　こたえなさい。

　（れい）おとうとさんは　どんな　スポーツが　すきですか。（サッカー）

　　→　おとうとは　サッカーが　すきです。

1. おとうさんは　*いつも　なんじごろ　かえりますか。
　　父はいつも6時半ごろ帰ります　（ろくじはんごろ）🔒

2. おかあさんは　どんな　どうぶつが　すきですか。（いぬ）🔒
　　母は犬が好きです

3. おにいさんは　どこに　いますか。（*じぶんの　へや）🔒
　　兄はじぶんの部屋にいます

4. おねえさんは　どんな　おんがくが　すきですか。（クラシック）🔒
　　姉はクラシックが好きです

5. おとうとさんは　*こうこうせいですか。（はい）🔒
　　はい、弟は高校生です

6. いもうとさんは　どこへ　いきましたか。（ともだちの　うち）🔒
　　妹は友達の家へ行きました

7. むすこさんは　*しょうがくせいですか。（はい）🔒
　　はい、娘は中学生です

8. おとうとさんは　どんな　スポーツが　すきですか。（サッカー）🔒
　　弟は　サッカーが　好きです

9. おじょうさんは　なんじごろ　がっこうへ　いきますか。（しちじ）🔒
　　おじょうは　7時ごろ　学校へ　行きます

10. ごりょうしんは　*おげんきですか。（はい）🔒
　　　はい　両親は　おげんきです

9. しつもんの　ぶんを　いいなさい。

1. A：🔒　昨日の　コンサートは　よかったですか
　　B：いいえ、きのうの　コンサートは　あまり　よく　ありませんで
　　　　した。

2. A：🔒　ここは　昔は　静かでしたか
　　B：はい、ここは　むかしは　しずかでした。

3. A：🔒　昨日あのデパートは　休みでしたか
　　B：いいえ、きのう　あの　デパートは　*やすみでは　ありません
　　　　でした。

4. A：🔒　あなたはどこでテレビを見ますか
　　B：わたしは　いつも　*りょうの　ロビーで　テレビを　みます。

5. A：🔒　あなたは誰とテニスをしましたか
　　B：わたしは　*タンさんと　*テニスを　しました。

6. A：🔒　ゆうべはどこかへ行きましたか
　　B：いいえ、ゆうべは　どこへも　いきませんでした。

7. A：🔒　あなたの部屋はどんな部屋ですか
　　B：わたしの　へやは　*あかるくて　きれいな　へやです。

8. A：🔒　先週は　忙しかったですか
　　B：はい、せんしゅうは　とても　いそがしかったです。

6課

9．A： 🔒 その 靴は 高かったですか。

B：いいえ、この くつは たかく ありませんでした。

10．A： 🔒 あなたは どんな スポーツが 好きですが

B：わたしは *ピンポンや *バドミントンなどが すきです。

10．（　　）に 「それ」「その」「そこ」の なかの てきとうな ことばを い

れて いいなさい。

1．A：わたしは ゆうべ *すきやきを たべました。

B：（ それ ）は どんな りょうりですか。 🔒

2．A：わたしは とうきょうドームへ いきました。

B：（ それ ）は なんですか。 🔒

3．A：わたしは きのう うえのへ いきました。

B：（ そこ ）は どんな *ところですか。 🔒

4．A：わたしは ゆうべ アリフさんと いっしょに しょくじを し

ました。

B：（ その ）ひとは あなたの ともだちですか。 🔒

5．A：わたしは きのう *タイりょうりの レストランへ いきました。

B：（ その ）レストランは どこに ありますか。 🔒

6．A：きのうの しあいは おもしろかったですよ。

B：（ それ ）は よかったですね。 🔒

7．A：わたしは なつやすみに くにへ かえります。

B：（ それ ）は いいですね。 🔒

8．A：きのうの　パーティーは　あまり　*たのしく　ありませんでした。

　　B：（それ）は　*ざんねんでしたね。🔓

11. ともだちに　ききましょう。

１．きょうしつの　まどから　なにが　みえますか。

２．いま　なにか　きこえますか。

３．あなたは　ゆうべ　どこかへ　いきましたか。

４．あなたは　ゆうべ　どこで　ばんごはんを　たべましたか。

　　だれと　たべましたか。

　　おいしかったですか。

５．あなたは　どんな　スポーツが　すきですか。

６．あなたは　テレビの　*ニュースが　わかりますか。

７．あなたの　へやは　どんな　へやですか。

８．あなたの　へやの　まどから　なにか　みえますか。

９．きのうは　なんようびでしたか。

　　どんな　てんきでしたか。

10．あなたは　ゆうべ　テレビを　みましたか。

11．あなたは　どこの　くにから　きましたか。

　　＿＿＿＿＿＿＿＿の　どこから　きましたか。

　　そこは　どんな　ところですか。

6課

12. あなたは　このまえの　にちようびに　なにを　しましたか。いろいろ　は
　　　なしなさい。

いいましょう

A：あなたはきのうどこかへいきましたか。

B：いいえ、どこへもいきませんでした。

7課

1. れいのように　いいなさい。

　　（れい）　4／10　　しがつ　とおか

　　1. 5／24　　　　　　　　7. 10／7　　なのか
　　2. 9／1　　ついたち　　　8. 1／5　　いつか
　　3. 11／8　　ようか　　　　9. 3／12
　　4. 8／19　　　　　　　　10. 4／6　　むいか
　　5. 2／9　　ここのか　　　11. 6／2　　ふつか
　　6. 12／3　　みっか　　　　12. 7／10　　とおか

2. れいのように　いいなさい。

　　（れい）おとうとは　　（2／29）　*うまれました。

　　　　→　おとうとは　にがつ　にじゅうくにちに　うまれました。

1. ラヒムさんの　たんじょうびは　　（9／8）です。🔒
　　　　　　　　　　　　　　　　ぐがつようか

2. リサさんは　きょねんの　（8／4）　にほんへ　きました。🔒
　　　　　　　　　　　　　　はちがつよっか

3. *いっせいしけんは　（7／16〜7／19）です。🔒
　　　　　　　　　しちがつじゅうろくにち　から　じゅうきゅうにち　まで

4. （10／24）　げつようびです。🔒
　　じゅうがつにじゅうよっか

5. わたし*たちは　（4／6）　*にゅうがくしました。🔒
　　　　　　　　　よんがつむいか

6. （5／5）　*こどもの　ひです。🔒
　　ごがついつか

7. この　かいしゃは　（12／28〜1／3）　やすみです。🔒
　　　　　　　　　じゅうにがつにじゅうはちにち　から　いちがつみっか　まで

8. わたしたちは　（9／20）　*けっこんしました。🔒
　　　　　　　　くがつはつか

9. あには　（4／29）　アメリカへ　いきます。🔒
　　　　　よんがつにじゅうきゅう　にち

10. いもうとは　（3／14）　うまれました。🔒
　　　　　　　さんがつじゅうよっか

3. れいのように いいなさい。

(れい) よみます → よむ　　　よみません → よまない

かきます 🔒 かく　　　かきません 🔒 かかない

はなします 🔒 はなする　　　はなしません 🔒 はなさない

たべます 🔒 たべる　　　たべません 🔒 たばない

およぎます 🔒 およぐ　　　およぎません 🔒 およがない

*はれます 🔒 はれる　　　はれません 🔒 はらない

(がっこうへ)きます 🔒 がっこうへく　　　(がっこうへ)きません 🔒 がっこうへかない

あそびます 🔒 あそぶ　　　あそびません 🔒 あそばない

かえります 🔒 かえる　　　かえりません 🔒 かえらない

かいます 🔒 かう　　　かいません 🔒 かあない

きこえます 🔒 きこえる　　　きこえません 🔒 きこあない

あびます 🔒 あびる　　　あびません 🔒 あばない

*べんきょうします 🔒 べんきょうする　　　べんきょうしません 🔒 べんきょうさない

*まちます 🔒 まちる　　　まちません 🔒 またない

しにます 🔒 しにる　　　しにません 🔒 しなない

のります 🔒 のる　　　のりません 🔒 のらない

います 🔒 う　　　いません 🔒 あない

あります 🔒 ある　　　ありません 🔒 あらない

おもいます 🔒 おもう　　　おもいません 🔒 おもあない

4. しつもんに こたえなさい。

1. あしたは はれると おもいますか。(はい) 🔒

はい、あしたは はれると おもいます

7課

2. あの いけに なにか いると、おもいますか。（いいえ） 🔒
いいえ、なにも いると おもいます

3. ここから うえのまで なんぷんぐらい かかると おもいますか。
いいえ、よんじっぷんぐらい、かかると おもいます
（よんじっぷんぐらい） 🔒
ここから うえのまで

4. たなかさんは こんばん どこかへ いくと おもいますか。
いいえ、どこへ いかない、と おもいます
（いいえ） 🔒
たなかさんは こんばんは

5. アリフさんは なんじに ここへ くると おもいますか。
アリフさんは ろくじごろ くると おもいます
（ろくじごろ） 🔒

6. あそこから ふじさんが みえると おもいますか。（いいえ） 🔒
いいえ、みえらないと おもいます

7. タンさんは いま どこに いると おもいますか。（しょくどう） 🔒
しょくどうに いると おもいます

8. あの こうえんに *プールが あると おもいますか。（いいえ） 🔒
いいえ、あらないと おもいます

9. あの ふたりは けっこんすると おもいますか。（いいえ） 🔒
いいえ、はっこんしません と おもいます

10. アンナさんは なつやすみに くにへ かえると おもいますか。
いいえ、かあないと おもいます
（いいえ） 🔒

7課

5. えを みて こたえなさい。

*にもつ *だす

1. ゆうびんきょくへ なにを しに いきましたか。
郵便局へ 🔒
きむらさんは 切手を 買いに いきました
マリアさんは 荷物を 出しに いきました
に もつ だ

*え *かく *しゃしん *とる *さんぽ

2. こうえんへ なにを しに いきましたか。
アリフさんは しゃしんを とりに 行きました 🔒
こうえんへ
たなかさんは 散歩を しに 行きました 🔒
きむらさんは 絵を かきに 行きました 🔒

— 63 —

*かいもの

*おくる

*あずける　*おろす

3. しんじゅくへ　なにを　しに　いきましたか。
アリフさんとラヒムさんは 食事を しに 行きました
アンナさんとこばやしさんは 映画を見に 行きました
マリアさんは 服を 買いに 行きました.
　　しんじゅくへ 金の

4. にほんへ　なんの　べんきょうに　きました
か。

　　ラヒムさん　　*でんしこうがく
　　アリフさん　　*けいざい
　　リサさん　　　おんがく

5. なりたくうこうへ　なにを　しに　いきまし
たか。
アリフさんは 迎えに 行きました
たなか さんは おくに 行きました.

6. ぎんこうへ　なにを　しに　いきましたか。
木村さん はお金を あずけに 行きました
マリアさんはお金を おろおろしに 行きました

— 64 —

6．れいのように　いいなさい。

（れい）A：おいしい　りょうりですね。（*つくりました）

　　　　B：（はは）

　→　A：おいしい　りょうりですね。<u>だれが</u>　つくりましたか。

　　　　B：<u>ははが</u>　つくりました。

1．A：きれいな　しゃしんですね。（とりました）　🔒　だれが　とりましたか

　　B：（ラヒムさん）　🔒　ラヒムさんがとりました

2．A：おもしろい　えですね。（かきました）　🔒　だれが　かきましたか

　　B：（きむらさん）　🔒　きむらさんが　かきました

3．A：わたしの　ケーキが　ありません。（たべました）　🔒　だれがたべましたか

　　B：（ジョンさん）　🔒　ジョンさん　がたべました

4．A：テーブルの　うえに　*フランスごの　ざっしが　ありますね。（よ
　　　みます）　🔒　だれがよみますか

　　B：（こばやしさん）　🔒　こばやしさんがよみます

5．A：ピアノが　ありますね。（*ひきます）　🔒

　　B：（リサさん）　🔒

6．A：きれいな　じですね。（かきました）　🔒

　　B：（シンさん）　🔒

7．A：おいしい　ケーキですね。（つくりました）　🔒

　　B：（わたし）　🔒

7課

7. えを みて れいのように ぶんを つくりなさい。

(れい) ニュースが はじまりました。

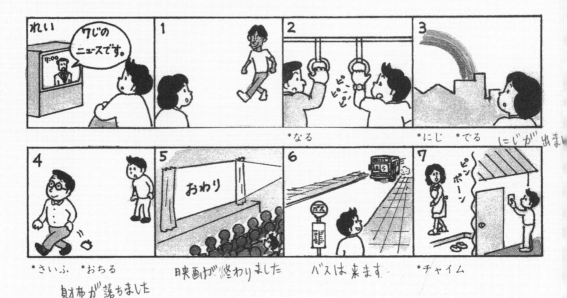

*なる　　*にじ　*でる　にじが 出ま

*さいふ　*おちる　　映画が 終わりました　　バスは 来ます　　*チャイム
財布が 落ちました

8. れいのように いいなさい。

(れい) (はは　　にほん　　きます)　わたしは あした くうこうへ
むかえに いきます。

→ ははが にほんへ きます。わたしは あした くうこうへ む
かえに いきます。

1. (ともだち が *にゅういんしました)　わたしは きょう びょう
いんへ いきます。🔒

2. (とけい が *こわれました)　わたしは あたらしい とけいを か
います。🔒

3. (バスがきませんでした)　わたしは *タクシーに のりました。🔒

4. (ゆうべ ねこが しにました)　わたしは *なきました。🔒

5. (ともだち が *てがみ を きました)　わたしは こんばん *へん
じを かきます。🔒

6. (おかね が ありません)　わたしは　ぎんこうへ　おかねを　おろ

　　しに　いきます。🔒

7. (ともだち が くに に かえります)　わたしは　くうこうへ　おく

　　りに　いきます。🔒

8. (ともだち が あそびに　きます)　わたしは　こんばん　りょうり

　　を　つくります。🔒

9. えを　みて　れいのように　いいなさい。

（れい）アンナさんは　マリアさんに　えんそうか

　　　　いの　チケットを　あげました。✓

　　　　マリアさんは　アンナさんから　えんそう

　　　　かいの　チケットを　もらいました。

1. こばやしさんは　アンナさんに　はなを　あげました 🔒

　　アンナさんは　こばやしさんから　はなを　もらいました 🔒

2. きむらさんは　マリアに　ケーキを　あげました 🔒

　　マリアさんは　きむらさんから　ケーキを　もらいました 🔒

7 課

*にんぎょう

3. たなかさんは <u>リサさんに にんぎょうを</u> あげました🔒
   リサさんは <u>たなかさんから にんぎょうを</u> もらいまし🔒

*ネクタイ

4. マリアさんは <u>きむらさんに ネクタイ。を</u>🔒あげま🔒
   きむらさんは <u>マリアさんから ネクタイ。を</u>🔒もらいま

10. れいのように ぶんを ひとつに しなさい。

(れい) きょうは ごがつ いつかです。こどもの ひです。

→ きょうは ごがつ いつかで、こどもの ひです。

1. ラヒムさんの おとうさんは だいがくの せんせいです。
   *せんもんは すうがくです。🔒 <u>で、</u>

2. ここは すいぞくかんです。
   *めずらしい さかなが たくさん います。🔒 <u>で、</u>

3. これは わたしの うちの いぬです。
   なまえは *タロです。🔒 <u>で、</u>

4. わたしの うちは *しょうがっこうの そばです。
   こどもたちの こえが よく きこえます。🔒 <u>で、</u>

5. きょうとは ふるい まちです。
   *おてらや *じんじゃなどが たくさん あります。🔒 <u>で、</u>

6. きのうは しがつ はつかでした。
   ははの たんじょうびでした。🔒 <u>で、</u>

7．おおきい ＊すいかは　せんえんで<u>した</u>。
　　ちいさい　すいかは　ろっぴゃくえんでした。🔒

8．ここは　じむしつです。
　　あそこは　しょくどうです。🔒

11．しつもんの　ぶんを　いいなさい。

1．A：🔒　ラヒムさんはおすしをたべますか。
　　B：いいえ、ラヒムさんは　おすしを　たべないと　おもいます。

2．A：🔒　あなたは成田空港へなにをしに行きましたか。
　　B：わたしは　なりたくうこうへ　ともだちを　むかえに　いきました。

3．A：🔒　あねはいつけっこんしましたか。
　　B：あねは　きょねんの　くがつに　けっこんしました。

4．A：🔒　あなたは だれから とけいをもらいましたか。
　　B：わたしは　ちちから　とけいを　もらいました。

5．A：🔒　がっこうのパーティーは いつですか。
　　B：がっこうの　パーティーは　じゅうにがつ　じゅうしちにちです。

6．A：🔒　なつやすみはいつからですか。
　　B：なつやすみは　しちがつ　はつかからです。

7．A：🔒　誰がこの絵をかきましたか。
　　B：アンナさんが　この　えを　かきました。

12．ともだちに　ききましょう。

1．きょうは　なんがつ　なんにちですか。

2. このまえの にちようびは なんがつ なんにちでしたか。

3. あなたは *こんどの にちようびに どこかへ いきますか。

4. あしたは あめが ふると おもいますか。

5. ＿＿＿せんせいは いま どこに いると おもいますか。

6. あなたは いつ にほんへ きましたか。

にほんへ なにを しに きましたか。

7. あなたの たんじょうびは いつですか。

あなたは このまえの たんじょうびに なにか もらいましたか。

だれから なにを もらいましたか。

8. あなたは ともだちの たんじょうびに どんな ものを あげます

か。

9. あなたは どんな おんがくが すきですか。

13. いろいろ はなしなさい。

あなたは だれかに *プレゼントを あげましたか。だれかから プレゼ
ントを もらいましたか。

いいましょう

きのうは しがつとおかで、わたしのたんじょうびでした。

8課

1. 例のように言いなさい。

（例）書く→書いて　　　起きる→起きて

1. 磨く 🔒
2. 食べる 🔒
3. 来る 🔒
4. 見る 🔒 み
5. 遊ぶ 🔒
6. 洗う 🔒
7. 行く 🔒
8. 勉強する 🔒
9. 話す 🔒
10. 走る 🔒
11. 降りる 🔒
12. 乗る 🔒
13. 帰る 🔒
14. 泳ぐ 🔒
15. 死ぬ 🔒
16. 読む 🔒
17. 起きる 🔒
18. 浴びる 🔒
19. 立つ 🔒
20. 寝る 🔒

2. 文を一つにしなさい。

（例）わたしはいつも7時ごろ起きます。そして、12時ごろ寝ます。

→　わたしはいつも7時ごろ起きて、12時ごろ寝ます。

1. わたしの学校は9時に始まります。そして、3時に終わります。🔒
   始まって

2. 午前中は日本語の勉強をします。そして、午後は数学や*物理の勉強をします。🔒
   勉強して、

3. 父は*たいてい8時半にうちを出ます。そして、7時ごろうちへ帰ります。🔒
   出して
   出て

4. わたしは今朝池袋で電車に乗りました。そして、渋谷で電車を降りました。🔒
   乗って

5. わたしは今年の4月に日本へ来ました。そして、*すぐ日本語学校に*入りました。🔒
   来て

6. 母はゆうべ映画を見に行きました。そして、12時ごろうちへ帰りました。🔒
   行って

7. 木村さんはゆうべ11時ごろうちへ帰りました。そして、すぐ寝ました。 [帰って]

8. わたしは毎朝パンを食べます。そして、コーヒーを飲みます。 [食べて]

9. 学校では午前中3時間勉強します。そして、1時間*休みます。 [勉強して]

10. わたしは昨日スーパーで肉や*野菜を買いました。そして、うちで料理を作りました。 [買って]

3. 絵を見て例のように言いなさい。

（例）父はいつも朝ご飯を食べてから新聞を読みます。

1. アリフさんはたいてい＿＿＿＿＿。

2. リサさんはゆうべ＿＿＿＿＿。

3. ラヒムさんは毎朝＿＿＿＿＿。

*かお

4. 田中さんは日曜日はいつも＿＿＿＿＿。

8課

5．小林さんは昨日1時間ぐらい＿＿＿＿＿＿＿。🔓
　　こばやし　　きのう　じかん

4．絵を見て例のように言いなさい。
　　　え　み　れい　　　　い

（例）田中さんはいつも寝る前に歯を磨きます。
　れい　たなか　　　　　　　　　ね　まえ　は　みが

1．＊正男さんはいつも＿＿＿＿＿＿＿＿＿。🔓
　　　まさお

2．小林さんは今朝＿＿＿＿＿＿＿＿＿。🔓
　　こばやし　　けさ

3．田中さんとリサさんはゆうべ＿＿＿＿＿＿。🔓
　　たなか

＊でんわ　＊かける

4．わたしは昨日＿＿＿＿＿＿＿＿＿＿。🔓
　　　　　きのう

5．木村さんはたいてい＿＿＿＿＿＿＿＿。🔓
　　きむら

＊ワイン

8課

5. 「～てから」を使って文を完成しなさい。

(例) （*授業　終わる）、わたしは30分ぐらい運動をします。

→　授業が終わってから、わたしは30分ぐらい運動をします。

1. （子供たち　うちを出る）、お母さんは掃除や洗濯をします。🔓

2. （授業　終わる）、わたしは30分ぐらい運動をします。🔓

3. わたしは（雨　*やむ）、うちへ帰りました。🔓

4. わたしたちはいつも（父　帰る）、晩ご飯を食べます。🔓

5. チンさんは（学校　終わる）、*アルバイトに行きます。🔓

6. （*お客さん　帰る）、*店員は店の掃除をします。🔓

7. 姉は（わたし　日本へ来る）、結婚しました。🔓

8. （試験　終わる）、わたしは*九州へ*旅行に行きます。🔓

6. 「～前に」を使って文を完成しなさい。

(例) わたしは（チャイム　鳴る）、教室に入りました。

→　わたしはチャイムが鳴る前に、教室に入りました。

1. （授業　始まる）、学生は*黒板を*消します。🔓

2. （お客さん　来る）、部屋の掃除をします。🔓

3. （わたし　小学校に入る）、母はわたしに平仮名を*教えました。🔓

4. 姉の学校は*遠いです。姉はいつも（わたし　起きる）、うちを出ます。🔓

5. （チャイム　鳴る）、わたしは試験を*出しました。🔓

6. （野球の試合　始まる）、チンさんはサンドイッチを買いました。🔓

7. この学校では（夏休み　始まる）、試験をします。🔓

8. （兄　アメリカへ行く）、わたしたちは一緒にレストランで食事をしました。🔓

7. 絵を見て例のように言いなさい。

（例）小林さんは<u>アンナさんにばらの花をあげました。</u>

　　　小林さんは<u>わたしに*チューリップをくれました。</u>

例	小林
	アンナさん	わたし

*セーター

8課

8. 同じ意味になるように言い換えなさい。

１．わたしは*おじから辞書をもらいました。

　　おじは<u>私に　辞書　をくれました</u>　　　。🔓

2. 兄は木村さんからネクタイをもらいました。

木村さんは <u>兄にネクタイを くれました</u> 。 🔓

3. マリアさんは母にきれいな花をくれました。

母は <u>マリアさんにきれいな花をもらいました</u> 。 🔓

4. *中川さんは姉に白い*ブラウスをくれました。

姉は <u>中川さんに白いブラウスを もらいました</u> 。 🔓

5. *おばはわたしにセーターをくれました。

わたしは <u>おばにセーターをもらいました</u> 。 🔓

6. 弟はタンさんから英語の辞書をもらいました。

タンさんは <u>弟に英語の辞書をくれました</u> 。 🔓

7. わたしはラヒムさんのお姉さんから*緑のTシャツをもらいました。

ラヒムさんのお姉さんは <u>私に緑のTシャツをくれました</u>。 🔓

8. 田中さんはあなたに何をくれましたか。

あなたは <u>田中さんに何をもらいましたか</u> 。 🔓

8課

9. 「もらいました」か「くれました」か「あげました」を言いなさい。

(例) 昨日はわたしの誕生日でした。母はわたしにハンカチを <u>くれました</u>。

1. わたしの友達は先月結婚しました。わたしはその友達にきれいなお皿

を <u>あ</u>　　　　　 。 🔓

2. 今年友達の妹さんは*高校に入りました。わたしはその妹さんに英語の

本を <u>あ</u>　　　　　 。 🔓

3. 先週わたしは友達から長い手紙を <u>も</u>　　　　　 。 🔓

4. 昨日はわたしの誕生日でした。父はわたしに時計を <u>く</u>　　　　　 。 🔓

5．わたしは日本へ来る前に、兄から辞書を_____。🔒

6．木村さんは昨日京都から帰りました。そして、わたしに京都の*お土産
を_____。🔒

7．この前の日曜日は『*母の日』でした。水野さんはお母さんに花を
_____。🔒

8．今日はチンさんの誕生日でした。わたしはチンさんにネクタイ
を_____。チンさんは*みんなからプレゼントをたくさん
_____。🔒 🔒

10. 例のように言いなさい。

（例）わたしは毎日学校へ来ます。（電車）

　→　わたしは毎日電車で学校へ来ます。

1．わたしは*銀座へ行きました。（*地下鉄）🔒
　わたしは地下鉄で銀座へ行きました

2．わたしは名前を書きました。（ボールペン）🔒
　わたしはボールペンで名前を書きました

3．日本人はご飯を食べます。（*はし）🔒
　日本人ははしでご飯を食べます

4．木村さんは京都へ行きました。（新幹線）🔒
　木村さんは新幹線で京都へ行きました

5．学生は*作文を書きます。（鉛筆）🔒

6．ジョンさんは食事をします。（*ナイフと*フォークと*スプーン）で 🔒

7．兄は北海道へ行きました。（*飛行機）で 🔒

8．リサさんは10時ごろうちへ帰りました。（タクシー）で 🔒

11. 友達に聞きましょう。

1．あなたは毎朝うちを出る前にどんな*ことをしますか。

あなたは何で学校へ来ますか。

どこで電車に乗って、どこで電車を降りますか。

あなたは学校が終わってから何をしますか。

2. あなたはゆうべ晩ご飯を食べてから何をしましたか。

3. あなたは日本へ来る前に日本語を勉強しましたか。

4. この前の誕生日に友達はあなたに何かくれましたか。

5. あなたが日本へ来る前に、お父さんやお母さんはあなたに何かくれました
か。

6. あなたは日本へ来てから、家族や友達に手紙を書きますか。

家族や友達はあなたに手紙をくれますか。

12. いろいろ話しなさい。

１. あなたはうちへ帰ってからどんなことをしますか。

２. あなたはうちから学校まで*どうやって来ますか。

言いましょう

わたしはまいしゅうきんようびにじゅぎょうがおわってから
がっこうのにわでテニスをします。

9課(か)

師 → 授業をする

学生 → を受ける(う)

1. 今(いま)何(なに)をしていますか。絵(え)を見(み)て言(い)いなさい。

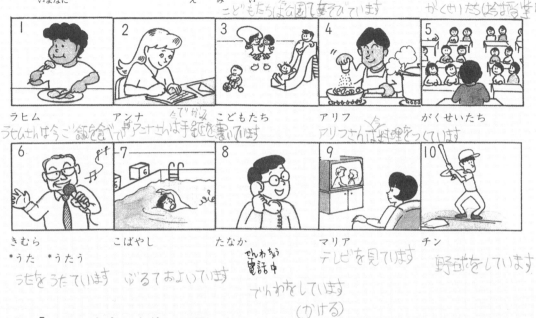

こどもたちは公園で遊んでいます　がくせいたちは授業をうけています

| 1 | 2 | 3 | 4 | 5 |
| ラヒム | アンナ　今(で)か(み) | こどもたち | アリフ　今(で) | がくせいたち |

ラヒムさんはご飯を食べて　アンナさんは手紙を書いています　　　アリフさんは料理をつくっています

| 6 | 7 | 8 | 9 | 10 |
| きむら | こばやし | たなか | マリア | チン |

*うた　*うたう　　　　　　　　　でんわちゅう電話中　　テレビを見ています　野球をしています

うたをうたています　ぷるておよいています　　　　でんわをしています
（かける）

2. 「～ています」を使(つか)って言(い)いなさい。

サーブ　バーベーキュ　ダンスをする

*わらう　*おどる　*ギター　*キス

9課

3. 「～ています」を使って文を作りなさい。   状態 (也可用現在進行式)

(例) リサさんは音楽が好きです。いつも 音楽を聴いています。

1. チンさんは本が好きです。*休み時間はいつも 本をよんています 。🔓

2. 弟は*テレビゲームが好きです。毎日 テレビゲームをしています 。🔓

3. 父は*ゴルフが好きです。休みの日はたいてい ゴルフをしています 。🔓

4. 妹は*漫画が好きです。いつも寝る前に 漫画をよんています 。🔓

5. 兄は*お酒が好きです。毎晩 お酒を飲ています 。🔓

6. アリフさんは歌が好きです。いつも 歌をうたています 。🔓

4. 例のように言いなさい。

A (例) わたし　　姉　　図書館

→ わたしの姉は図書館に*勤めています。

1. わたし　　父　　銀行 🔓

2. *キムさん　　お父さん　　*役所 🔓

3. わたし　　おじ　　*新聞社 🔓

4. わたし　　主人　　*建築会社 🔓

5. アリフさん　　お姉さん　　大使館 🔓

B (例) わたし　　父　　*医者

→ わたしの父は医者を しています。

1. キムさん　　お母さん　　小学校の先生 🔓

2. ラヒムさん　　お父さん　　*貿易会社の*社長 🔓

3. マリアさん　　お姉さん　　*看護師 🔓

9課

4. 田中さん　　お兄さん　　*警察官
   た なか　　　　に い　　　　けいさつかん

5. 小林さん　　お母さん　　*薬屋
   こばやし　　　　か あ　　　くすり や

C （例）わたし　　兄　　レストラン　　*働く
　　　　　れい　　　　あに　　　　　　　　　はたら

　　→　わたしの兄はレストランで働いています。
　　　　　　　　あに　　　　　　　　　はたら

1. わたし　　父　　野菜　　作る
　　　　　　ちち　や さい　つく

2. 小林さん　　お父さん　　大学　　*ドイツ語　　教える
　　こばやし　　　　と う　　だいがく　　　　　　ご　　　おし

3. わたし　　娘　　*工場　　働く
　　　　　むすめ　こうじょう　はたら

4. チンさん　　お父さん　　スーパー　　経営する
　　　　　　　　と う　　　　　　　　　　けいえい

5. わたし　　妹　　*中学校　　行く
　　　　　いもうと　ちゅうがっこう　い

5. 絵を見て「～は～が～」を使って答えなさい。
え み　　　　　　　　　　つか　こた

1. 象はどんな動物ですか。
ぞう　　　　どうぶつ

　　a *鼻 　　c *足
　　　　はな　　　　　　　　あし

　　b *耳 　　d *目
　　　　みみ　　　　　　　　め

*せい　*て

2. *春子さんはどんな人ですか。
はるこ　　　　　　ひと

　　a 高い 　　c 長い
　　　　たか　　　　　　　　なが

　　b 短い 　　d 大きい
　　　　みじか　　　　　　　　おお

3. 東京はどんな所ですか。
とうきょう　　　　ところ

　　a *交通 　　c *空気
　　　こうつう　　　　　　　くう き

　　b 人 　　d 道
　　　ひと　　　　　　　　みち

9課

— 81 —

6. 例のように文を作りなさい。

（例）キムさん　＊頭　いい

→ キムさんは頭がいいです。

1. アリフさん　サッカー　＊上手

2. わたし　頭　＊痛い

3. このスーパー　あまり　品物　多い

4. わたし　目　＊悪い

5. 父　あまり　日本語　上手

6. わたし　絵　＊下手

7. あのレストラン　カレー　おいしい

8. わたし　あまり　＊体　丈夫

9. 日本語　＊助詞　難しい

10. このアパート　台所　狭い

7. 絵を見て例のように言いなさい。

（例）A：あなたは＊果物の中で何が一番好きですか。

B：わたしはりんごが一番好きです。

果物

＊もも　＊レモン　＊ぶどう　＊パイナップル
＊いちご　＊メロン

日本料理

＊てんぷら　＊さしみ

9課

スポーツ

*バスケットボール　*バレーボール

動物
どうぶつ

*きりん

8．絵を見て例のように言いなさい。
　（れい）（み）（れい）（い）

（例）鳥が*空を*飛んでいます。
（れい）（とり）（そら）（と）

例
　　　車がみちをはしています

1

2　*かいだん　*のぼる
　　男の子が階段をのぼっています

3　*おりる
　　女の子が階段をおりっています

4　*ふね　*はし　*とおる
　　ふねがはしのしたを
　　とおっています

5　飛行機が空を
　　とんでいます

6　*わたる
　　アナさんがはしを
　　わたっています

7　*おじいさん　*おばあさん
　*さんぽする
　　おじいさんとおばあさんが
　　公園をさんぽしています

9．質問の文を言いなさい。
しつもん　ぶん　い

I．A：🔒←

　　B：母は今台所で料理を作っています。
　　　　はは　いまだいどころ　りょうり　つく

2．A：🔒←

　　B：妹は貿易会社に勤めています。
　　　　いもうと　ぼうえきがいしゃ　つと

3．A：🔒←

　　B：父は医者です。
　　　　ちち　いしゃ

4．A：🔒←

　　B：日曜日はいつもうちでテレビを見ています。
　　　　にちようび　　　　　　　　　　　　　み

5．A：🔒←

　　B：わたしは20歳です。
　　　　　　　　　はたち

6．A：🔒←

　　B：わたしはおすしが一番好きです。
　　　　　　　　　　　　いちばんす

7．A：🔒←

　　B：母は3か月ぐらい日本にいます。
　　　　はは　　げつ　　にほん

10．友達に聞きましょう。
ともだち　き

I．あなたのお父さんは何をしていますか。
　　　　　とう　　なに

　　お母さんは何をしていますか。
　　　かあ　　なに

2．あなたは休みの日はいつも何をしていますか。
　　　　　やす　ひ　　　　なに

3．あなたは＿＿＿＿＿＿の中で何が一番好きですか。
　　　　　　　　　　　　なか　なに　いちばんす

4．あなたは毎晩どのくらい勉強をしていますか。
　　　　　まいばん　　　　　べんきょう

5．あなたのうちから駅までどのくらいかかりますか。
えき

　　どんな店の前を通りますか。
　　　　みせ まえ とお

6．日本では車は*右を走りますか、*左を走りますか。
　　にほん　くるま　みぎ　はし　　　　　　ひだり　はし

　　あなたの国ではどうですか。
　　　　　くに

7．あなたの*保証人はどなたですか。
　　　　　ほしょうにん

　　保証人の＿＿＿＿＿さんはどんな人ですか。
　　ほしょうにん　　　　　　　　　　ひと

8．*クラスの中でだれが一番背が高いですか。
　　　　　なか　　　　いちばんせ　たか

　　＿＿＿＿＿さんは何*センチぐらいですか。
　　　　　　　　なん

11. 日本のスーパーについていろいろ話しなさい。
　　　にほん　　　　　　　　　　　　はな

言いましょう
い

きのうあにがにほんへきました。

あにはくにでぼうえきがいしゃをけいえいしています。

9課

— 85 —

10課
<small>か</small>

1. 例のように言いなさい。
<small>れい　い</small>

　　　（例）入る　　→　　a. 入ってください
　　　<small>れい　はい</small>　　　　　　　　　　<small>はい</small>

　　　　子弱 ✓

　　　　　　　　　　　　　b. 入らないでください。
　　　　　　　　　　　　　　<small>はい</small>

　　1. 名前を書く　<small>書いてください</small>　　5. 黒板を消す　<small>消して</small>
　　　<small>なまえ　か</small>　<small>書かないでください</small>　　　<small>こくばん　け</small>　<small>消さないで</small>

<small>辞書典</small>　2. 辞書を*見る　<small>見てください</small>　　6. ここに*ごみを*捨てる
　　　<small>じしょ　み</small>　<small>見ないでください</small>　　　　　　　<small>す</small>　<small>捨てて</small>
　　　　　　　　　　　　　　　　　　　　　　　　　　　<small>捨てないで</small>

<small>呢劫</small>　3. 薬をのむ　<small>のんでください</small>　　7. この道を通る　<small>通って</small>
　　　<small>くすり</small>　<small>のまないでください</small>　　　<small>みち　とお</small>　<small>通らないで</small>

<small>白灯</small>　4. *電灯を*つける　<small>つけて</small>　　8. 窓を*開ける　<small>開けて</small>
　　　<small>でんとう</small>　<small>つけないで</small>　　　<small>まど　あ</small>　<small>開けないで</small>

2. 例のように言いなさい。
<small>れい　い</small>

　　　（例1）佐藤さんは歩きます。（*速い）
　　　<small>れい</small>　<small>さとう　ある　はや</small>

　　　→　佐藤さんは速く歩きます。
　　　　　<small>さとう</small>　<small>はや　ある</small>

　　　（例2）コップを洗ってください。（きれい）<small>請洗杯子</small>
　　　<small>れい</small>　<small>あら</small>

　　　→　コップをきれいに洗ってください。
　　　　　　　　　　　　　　　<small>あら</small>

　　1. 紙を切ってください。（*円い）<small>円く</small>
　　　<small>かみ　き</small>　<small>円く切って</small>　<small>まる</small>

　　2. 歩いてください。（静か）<small>に</small>
　　　<small>ある</small>　<small>静かに歩い</small>　<small>しず</small>

　　3. 正男さんは絵をかきます。（上手）<small>に</small>
　　　<small>まさお　え　上手に</small>　<small>じょうず</small>

　　4. わたしはあした来ます。（早い）<small>我明天早点来</small>
　　　<small>き</small>　<small>はや</small>

　　5. ノートに*字を書いてください。（きれい）<small>に</small>
　　　<small>じ　か　きれいに</small>

　　6. わたしはレモンを切って*紅茶に*入れました。（薄い）
　　　<small>き　うすく　こうちゃ　い</small>　<small>うす</small>

　　7. 息を吸ってください。（大きい）<small>大きく</small>
　　　<small>いき　す　大きく</small>　<small>おお</small>

　　8. 子供たちは遊んでいます。（元気）<small>に</small>
　　　<small>こども　あそ　元気に</small>　<small>げんき</small>

3.「なりました」を使って例のように言いなさい。

（例）大きくなりました。

寒くなりました

ねむくなりました

きれいになりました

きたなく

静かに

*ねむい

*きたない

春に

12時に

ながくなりました

4.「なる」を使って文を完成しなさい。

1. 今日は天気が悪いです。しかし、あしたは <u>良くなりと</u> 。 🔒

2. 弟は子供のとき、体が*弱かったです。しかし、今は <u>元気に</u> 。 🔒

3. この*ドラマは*初めはつまらなかったです。しかし、今は <u>面白く</u> <u>うれしの</u>
   _____ 。 🔒

4. 今日はあなたの*お見舞いに来ました。*気分はどうですか。早く ____
   <u>行って</u> ください。 🔒

10課

— 87 —

5. 兄は*九州大学の*医学部を出て、去年＿＿＿＿＿＿＿＿。🔓
　　今は*大学病院に勤めています。

6. 朝は涼しかったです。しかし、昼から＿＿＿＿＿＿＿＿。🔓

7. 今日は5月31日です。あしたから＿＿＿＿＿＿＿＿。🔓

5．例のように言いなさい。

（例）a 書きます　　　　　→　書く
　　　 b 書きません　　　　→　書かない
　　　 c 書きました　　　　→　書いた
　　　 d 書きませんでした　→　書かなかった

1. a 話します 話す　　　　　　b 話しません 話さない
　　c 話しました 話しだ　　　 d 話しませんでした 話しなかった

2. a 行きます 行く　　　　　　b 行きません 行かない
　　c 行きました 行いた　　　 d 行きませんでした 行かなかった

3. a 起きます 起きる　　　　　b 起きません 起きない
　　c 起きました 起きた　　　 d 起きませんでした 起きなかった

4. a 来ます 来る　　　　　　　b 来ません 来ない
　　c 来ました 来た　　　　　 d 来ませんでした 来なかった

5. a 遊びます 遊ぶ　　　　　　b 遊びません 遊ばない
　　c 遊びました 遊びた　　　 d 遊びませんでした 遊ばなかった

6. a します する　　　　　　　b しません せん/しない
　　c しました した　　　　　 d しませんでした しなかった

7. a 出ます 出る　　　　　　　b 出ません 出ない
　　c 出ました 出た　　　　　 d 出ませんでした 出なかった

8. a 安いです 安　　　　　　　b 安くありません 安くない
　　c 安かったです 安かった　 d 安くありませんでした 安くなかった

9. a 重いです 重　　　　　　　b 重くありません 重くない
　　c 重かったです 重かった　 d 重くありませんでした 重くなかった

10. a 眠いです 眠　　　　　　　b 眠くありません 眠くない
　　 c 眠かったです 眠かった　 d 眠くありませんでした 眠くなかった

11. a 暖かいです
あたた
b 暖かくありません
あたた

c 暖かかったです
あたた
d 暖かくありませんでした
あたた

12. a きれいです
b きれいではありません

c きれいでした
d きれいではありませんでした

13. a 静かです
しず
b 静かではありません
しず

c 静かでした
しず
d 静かではありませんでした
しず

14. a 休みです
やす
b 休みではありません
やす

c 休みでした
やす
d 休みではありませんでした
やす

15. a 学生です
がくせい
b 学生ではありません
がくせい

c 学生でした
がくせい
d 学生ではありませんでした
がくせい

6. 例のように普通の形に変えなさい。
れい　　　　　ふつう　かたち　か

（例）おいしくありませんでした　→　おいしくなかった
れい

*たばこを買いました　→　たばこを買った
か　　　　　　　　　　　　か

1.泳ぎます
およ

2.新鮮です
しんせん

3.日曜日です
にちようび

4.おいしいです

5.楽しかったです
たの

6.学校を休みました
がっこう　やす

7.にぎやかです

8.雨でした
あめ

9.静かではありません
しず

10.おもしろくありません

11.たばこを*吸いません
す

12.いい天気ではありません
てんき

13.何もしませんでした
なに

14.悪い*病気ではありませんでした
わる　びょうき

15.難しくありませんでした
むずか

16.親切ではありませんでした
しんせつ

10課

7. 例のように言いなさい。

（例）寒くなりました。窓を*閉めました。

→ a. 寒くなりましたから、窓を閉めました。

b. 寒くなったから、窓を閉めました。

1. *宿題が*全部終わりました。遊びに行きます。 🔒 *終わりましたから、* *終わたから。*

2. 今日は学校が休みです。*遅く起きました。 🔒 *休みですから* *おそいの_____、* *休みだから*

3. 風邪を*引きました。薬をのみました。 🔒 *引きましたから* *引いたから*

4. 道が分かりませんでした。近くの店の人に*聞きました。 🔒 *分かりませんでした* *分かなかった*

5. あの公園は広くて静かです。ときどき散歩に行きます。 🔒 *広くて静かですか* *広くて静かだか*

6. ゆうべはあまり寝ませんでした。今夜は早く寝ます。 🔒 *寝ませんでしたか* *寝なかったから*

7. 昨日は暑かったです。プールへ泳ぎに行きました。 🔒 *暑いだから* *暑だから*

8. 試験は難しくありませんでした。早く終わりました。 🔒 *難しなかった*

9. 雨が降っています。今日はどこへも行きません。 🔒 *降っているから。*

10. その魚は新鮮ではありませんでした。わたしは買いませんでした。 🔒 *新鮮ではなかったか*

8. 例のように言いなさい。

（例1）暑い、窓を開ける

→ 暑いですから、窓を開けてください。

（例2）寒い、窓を開ける

→ 寒いですから、窓を開けないでください。

1. みんなが待っている、早く来る 🔒 *ですから* *来てください*

2. 道が分からない、駅まで迎えに来る 🔒 *分からない ですから* *来てください*

3. この肉は古い、食べる 🔒 *古いから* *食べないでください。*

4. この道は車が多い、*気を*つける 🔒 →要外に *ですから* *気をつけてください*

— 90 —

5. 歯が痛くなる、甘い物を食べる
   食べなりでください

6. *質問をする、*答える
   は問題 ですから　答いください

7. 後ろの人が見えない、前に立つ
   助から　立たなりでください

8. 写真を撮る、動く
   撮るますから、動かないでください

9. 文を完成しなさい。

1. 昨日は忙しかったから、＿＿＿＿＿＿＿＿＿＿＿＿＿＿＿＿。

2. 今日は天気がいいから、＿＿＿＿＿＿＿＿＿＿＿＿＿＿＿＿。

3. *赤ちゃんが寝ているから、＿＿＿＿＿＿＿＿＿＿＿＿＿＿。

4. ＿＿＿＿＿＿＿＿＿＿＿＿＿から、いつもあの店で食べます。

5. ＿＿＿＿＿＿＿＿＿＿＿＿＿から、*のどが痛くなりました。

6. ＿＿＿＿＿＿＿＿＿＿＿＿＿から、わたしはチンさんが好きです。

10. 絵を見て例のように言いなさい。

（例） a. 中川さんは「この店は*カメラが安いです。」と言いました。

b. 中川さんはこの店はカメラが安いと言いました。

11. 例のように言いなさい。

（例）わたしは京都でこの人形を買いました。

→ この人形は 京都で買いました。

1. わたしは恋人からこの指輪をもらいました。 🔒

   この指輪は恋からもらいました

2. わたしは１週間学校を休みました。 🔒

   学校は１週間に休みました

3. あなたはいつこの写真を撮りましたか。 🔒 新照片什你在時候照的呢

   この写真はいつで撮りましたか

4. わたしは２年前に高校を卒業しました。 🔒

   高校は２年前に卒業しました

5. わたしは*外で晩ご飯を食べました。 🔒 晚在外面吃了

   晩ご飯は外で食べました

6. あなたはだれからそのプレゼントをもらいましたか。 🔒 →礼物

   そのプレゼントはだれからもらいましたか

7. あなたはどこでそのセーターを買いましたか。 🔒

   そのセーターはどこで買いましたか

   →衣

10課

12. （　　）の言葉を適当な形にして言いなさい。

1. a. わたしは ___青い___ シャツを買いました。（青い）🔒

   b. 桜は ___きれいな___ 花です。（きれい）🔒

2. a. 佐藤先生は ___若くて___ ___きれい___ です。（*若い）（きれい）🔒 🔒

   スモリな漢字

   b. この店の野菜は ___新鮮で___ ___安い___ です。（新鮮）（安い）🔒 🔒

3. a. 先週の日曜日のパーティーはとても ___楽しかったです___（楽しい）🔒

   b. 昨日の試験は ___簡単でした___ 。（簡単）🔒

   （ありませんでした）

4. a. 先週の日曜日のパーティーはあまり ___楽しくなかった___ 。（楽しい）🔒

   b. 昨日の試験はあまり ___簡単ではありませんでした___ 。（簡単）🔒

5. a. この野菜を ___小さく___ 切ってください。（小さい）🔒

   _い形_
   小この（な形）

   b. 試験のときは字を ___丁寧に___ 書いてください。（*丁寧）🔒

6. a. この本は ___難しいです___ から、分かりません。（難しい）🔒

   b. あしたは ___暇です（だ）___ から、友達に手紙を書きます。（暇）🔒

7. a. あの店の料理はあまり ___おいしくない___ から、*ほかの店へ行きます。（おいしい）🔒
   _です_

   b. わたしはお酒はあまり ___好きではない___ から、ジュースを飲みます。（好き）🔒

8. a. 今朝はとても ___寒かった___ から、わたしはセーターを2枚*着ました。（寒い）🔒

   b. 子供のときわたしは魚が ___嫌いだった___ から、食べませんでした。（嫌い）🔒

10課

— 93 —

13. 友達に聞きましょう。

１．あなたはゆうべ復習をしましたか。

＿＿＿＿＿さんはゆうべ復習をしたと思いますか。

２．あなたは恋人がいますか。

＿＿＿＿＿さんは恋人がいると思いますか。

３．あなたは＿＿＿＿＿が好きですか。

＿＿＿＿＿さんは＿＿＿＿＿が好きだと思いますか。

４．日本ではご飯を食べる前に何と言いますか。（*いただきます）

ご飯を食べてから何と言いますか。（*ごちそうさま）

あなたの国ではどうですか。

５．あなたはいつ日本へ来ましたか。

家族は空港まで送りに来ましたか。

空港であなたに何と言いましたか。

あなたは何と答えましたか。

今国の家族は何をしていると思いますか。

14. あなたは日本へ来てから、風邪を引きましたか。病気について いろいろ話しなさい。

言いましょう

せんせいは「ふつうのかぜだからだいじょうぶですよ。」と いいました。

10課

— 94 —

11課

1. 例のように言いなさい。

（例1）| 学生 | フィリピンから来ました。 → フィリピンから来た | 学生 |

 a. あの人はフィリピンから来た学生です。

 b. あなたのクラスにフィリピンから来た学生がいますか。

（例2）| 料理 | 田中さんが作りました。 → 田中さんの作った | 料理 |

 a. これは田中さんの作った料理です。

 b. わたしたちは田中さんの作った料理を食べました。

 c. 田中さんの作った料理はおいしかったです。

1. | 新幹線 | *大阪へ行きます。 → 大阪へ行く | 新幹線 |

 a. あれは　大阪へ行く新幹線　です。

 b. わたしたちは　大阪へ行く新幹線　に乗ります。

2. | 人形 | 京都で買いました。 → 京都で買った | 人形 |

 a. これは　京都で買った人形　です。

 b. わたしは　京都で買った人形　をマリアさんにあげました。

3. | 学生 | マレーシアから来ました。 → マレーシアから来た 学生 |

 a. ラヒムさんは　マレーシアから来た学生　です。

 b. このクラスには　＿＿＿＿＿＿　が二人います。

4. | 工場 | カメラを*造っています。 → カメラ造っている 工場 |

 a. ここは　カメラを造っている工場　です。

 b. わたしたちは　＿＿＿＿＿＿　を見に来ました。

（見学する）
に来る

— 95 —

5. バス わたしたちが乗ります。 → わたしたちが乗る バス

   a. ＿＿＿＿＿＿＿＿＿＿＿＿が来ました。

   b. あれは＿＿＿＿＿＿＿＿＿＿＿です。

6. スーパー 母がいつも行きます。 → 母がいつも行く スーパー

   a. ＿＿＿＿＿＿＿＿＿＿＿＿＿＿は駅の前にあります。

   b. わたしは夏休みに＿＿＿＿＿＿＿＿＿＿＿＿でアルバイト
   をします。

7. ケーキ アンナさんが作りました。 → アンナさんが作った ケーキ

   a. これは＿＿＿＿＿＿＿＿＿＿＿＿＿です。

   b. わたしは＿＿＿＿＿＿＿＿＿＿＿＿を食べました。

   c. ＿＿＿＿＿＿＿＿＿＿＿＿はとてもおいしかったです。

8. 指輪 恋人からもらいました。 → 恋人からもらった 指輪

   a. これは＿＿＿＿＿＿＿＿＿＿＿＿＿です。

   b. わたしは＿＿＿＿＿＿＿＿＿＿＿を引き出しに入れました。

   c. ＿＿＿＿＿＿＿＿＿＿＿＿はとてもきれいです。

9. デパート 小林さんのお姉さんが勤めています。 →
   小林さんの姉さんが勤めている デパート

   a. ここは＿＿＿＿＿＿＿＿＿＿＿＿＿＿＿です。

   b. わたしはときどき＿＿＿＿＿＿＿＿＿＿へ買い物に行きます。

   c. ＿＿＿＿＿＿＿＿＿＿＿＿は*大変大きいです。

11課

10. 作文(さくぶん) チンさんが書(か)きました。 → チンさんが書いた(の) 作文 🔓

    a. これは＿＿＿＿＿＿＿＿＿＿＿です。 🔓

    b. 先生(せんせい)は＿＿＿＿＿＿＿＿＿＿＿を読(よ)みました。 🔓

    c. ＿＿＿＿＿＿＿＿＿＿＿は面白(おもしろ)いです。 🔓

2. 例(れい)のように言(い)いなさい。

    （例(れい)）母(はは)はゆうべケーキを作(つく)りました。

        わたしは母(はは)がゆうべ作(つく)ったケーキを春子(はるこ)さ
        んにあげました。

1. 弟(おとうと)は先週(せんしゅう)写真(しゃしん)を撮(と)りました。
    わたしは 弟が先週撮った 写真(しゃしん)を
    机(つくえ)の上(うえ)に*飾(かざ)りました。 🔓

2. 兄(あに)は銀行(ぎんこう)に勤(つと)めています。
    わたしは 兄が勤めている(の) 銀行(ぎんこう)にお金(かね)を
    預(あず)けました。 🔓 存錢

3. 妹(いもうと)は昨日(きのう)図書館(としょかん)で本(ほん)を*借(か)りました。
    妹が昨日図書館で借りた 本(ほん)はとても
    面白(おもしろ)いです。 🔓

11課

4. 母はゆうベケーキを作りました。
   はは
   わたしは ___母が昨夜作った___ ケーキを春子
   さんにあげました。
   はるこ

5. わたしは毎日日本語の辞書を*使っています。
   まいにち にほんご じしょ つか
   わたしは ___毎日使っている___ 日本語の
   にほんご
   辞書を友達の部屋に*忘れました。
   じしょ ともだち へや わす

6. どこでお金を*払いますか。
   かね はら
   ___お金を払う___ 所を*教えてください。
   お金の ところ おし 書も所を教

7. 宿題を*持ってきましたか。
   作業 甘来
   しゅくだい も
   ___宿題を持ってきた___ 人は今*出してください。
   ひと いま だ
   ___宿題を持ってこなかった___ 人はあした持ってきて
   ひと も
   ください。

3. 例のように言いなさい。
   れい い

(例)アリフさんはここへ来ます。
れい き

→ a. アリフさんはここへ来るでしょう。
き

b. アリフさんはここへ来るだろうと思います。
き おも

1. この料理は辛くありません。
   りょうり から
   11から
   辛くありませんでしょう
   ない
   辛くな*だろうと思います
   いだろ

2. 昨日北海道は寒かったです。
   きのう ほっかいどう さむ
   寒かったでしょう
   寒かっただろうと思います

3. ラヒムさんは今日病院へ行きます。 🔒← 🔒← 行くでしょう / 行くだろうと思います

4. この靴はあまり高くありませんでした。 🔒← 🔒← 高くなかったでしょう / 高くなかっただろうと思います

5. あの人は歌が上手です。 🔒← 🔒← 上手でしょう / だろうと思います

6. ラヒムさんは今日は学校へ来ません。 🔒← 🔒← 来ないでしょう / 来ないだろうと思います

7. ジョンさんは昨日国へ帰りました。 🔒← 🔒← 帰ったでしょう / 帰っただろうと思います

8. 昨日大阪は雨でした。 🔒← 🔒← 雨だったでしょう

9. あれは渋谷へ行くバスです。 🔒← 🔒← 行くバスでしょう / だろうと思います

10. この魚はあまり新鮮ではありません。 🔒← 🔒← 新鮮ではないでしょう / だろうと思います

11. あの人はアンナさんの恋人ではありません。 🔒← 🔒← 恋人ではないでしょう

12. 昨日上野公園はにぎやかでした。 🔒← 🔒← にぎや

13. あの人は何も買いませんでした。 🔒← 🔒← 買わなかった

14. この本は面白いです。 🔒← 🔒← 面白でしょう

15. この*辺は昔はにぎやかではありませんでした。 🔒← 🔒← にぎやかではないでしょう

4. 例のように言いなさい。

(例)A：上野公園の桜はいつごろ*咲くでしょうか。（咲く）

B：今年は暖かいから、三月の終わりごろ<u>咲くでしょう</u>。

1. A：あの部屋から富士山が＿＿＿＿＿＿＿＿＿。（見える） 🔒←

   B：前に高い建物があるから、たぶん＿＿＿＿＿＿＿＿＿。 🔒←

2. A：アンナさんは今晩映画を見に＿＿＿＿＿＿＿。（行く） 🔒←

   B：アンナさんのクラスはあした試験があるから、＿＿＿＿＿＿＿＿＿

   ＿＿＿＿＿＿＿＿＿。 🔒←

3. A：このりんごは＿＿＿＿＿＿＿＿＿。（おいしい） 🔒←

   B：ええ、赤くて大きいから、＿＿＿＿＿＿＿＿＿。 🔒←

11課

4．A：この辺は＿＿＿＿＿＿＿＿＿＿＿＿＿＿＿。（静か）🔓

　　B：ええ、近くに広い通りはないから、＿＿＿＿＿＿＿＿＿＿＿。🔓

5．A：ラヒムさんは今＿＿＿＿＿＿＿＿＿＿＿＿。（忙しい）🔓

　　B：今は夏休みだから、あまり＿＿＿＿＿＿＿＿＿＿＿。🔓

6．A：外は＿＿＿＿＿＿＿＿＿＿＿＿＿＿＿。（寒い）🔓

　　B：ええ、*風が*強いから、たぶん＿＿＿＿＿＿＿＿＿＿。🔓

7．A：昨日新幹線の窓から富士山が＿＿＿＿＿＿＿＿＿。（見える）🔓

　　B：ええ、昨日はいい天気でしたから、たぶん＿＿＿＿＿＿＿。🔓

5．絵を見て、例のように文を作りなさい。

　（例）アンナさんは音楽を聴きながら、勉強しています。

*アイスクリーム

テレビを見ながら飯を食べています　ラジオを聴きながら料理ています

ギタをひきながら歌を歌っています

まるきながらアイスクリームはるこでいます

コーヒーの飲ながらはなしをています

11課

— 100 —

6. 例のように言いなさい。
   れい　　　　　い

   （例）わたしは*朝寝坊をしました。
   れい　　　　　　　　　　あさ ね ぼう

   　→　わたしは朝寝坊をしてしまいました。
   　　　　　　　　あさ ね ぼう

   1．わたしは今朝授業に*遅れました。　遅れてしまいました
   　　　　　　け さ じゅぎょう　　おく

   2．わたしは映画を見ながら泣きました。　泣いてしまいました
   　　　　　　えい が　み　　　　　な

   3．小林さんは昨日電車の中に傘を*忘れました。　忘れてしまいました
   　　こばやし　　　きのう でんしゃ　なか　かさ　わす

   4．水野さんは*定期券をどこかに*落としました。　落としてしまいました
   　　みずの　　　てい き けん　　　　　　お

   5．*うちの猫がゆうべ死にました。　死ていしまいました
   　　　　　　ねこ　　　　し

   6．昨日*習った言葉を忘れました。　忘れてしまいました
   　　きのう なら　　ことば　わす

7. 例のように言いなさい。
   れい　　　　　い

   （例）あの人は*ウイスキーを1本飲みました。
   れい　　ひと　　　　　　　　　　　ぼんの

   　→　あの人はウイスキーを1本飲んでしまいました。
   　　　　　ひと　　　　　　　　　　ぼんの

   1．弟は冷蔵庫の中のケーキを全部食べました。
   　　おとうと れいぞうこ　なか　　　　　ぜんぶ た

   2．アリフさんはこの本をゆうべ*終わりまで読みました。
   　　　　　　　　　　　ほん　　　　お　　　　　よ

   3．わたしはいつも晩ご飯の前に宿題をします。　しています
   　　　　　　　　　ばん はん まえ しゅくだい

   4．わたしは今朝掃除と洗濯をしました。　していしまいました
   　　　　　　け さ そうじ　せんたく

   5．時間がないから、早くご飯を食べてください。　食べてきてください
   　　じかん　　　　　　はや　はん　た

   6．あの人はワインを1本飲みました。
   　　　ひと　　　　　　　ぼんの

11課

8. 友達に聞きましょう。
   ともだち き

   1．今日の天気はどうですか。
   　　きょう てん き

   　　あしたはどうでしょうか。

— 101 —

２．昨日学校へ来なかった人がいますか。
きのう がっこう こ ひと

３．このクラスにフィリピンから来た人がいますか。
き ひと

４．あなたが使っている辞書はどうですか。
つか じしょ

５．いつも*お弁当を持ってくる人はだれですか。
べんとう も ひと

_____さんは今日もお弁当を持ってきたでしょうか。
きょう べんとう も

６．_____さんは歌が上手でしょうか。
うた じょうず

７．_____さんは今朝朝ご飯を食べたでしょうか。
け さあさ はん た

８．このクラスで一番バスケットボールが上手な人はだれですか。
いちばん じょうず ひと

９．料理や掃除、洗濯についていろいろ話しなさい。
りょうり そうじ せんたく はな

言いましょう
い

けさバスのなかにたなかさんからかりたほんをわすれてしまいました。

12課
か

1．次の表の中の言葉を使って、例のように文を作りなさい。
つぎ ひょう なか ことば つか れい ぶん つく

シャツ　ブラウス　セーター　*スーツ　*ワンピース *コート　*上着　*洋服　*着物　*レインコート 　　　　うわぎ　ようふく　きもの	着る き
ズボン　　スカート　　靴　　靴下 　　　　　　　　　くつ　くつした	*はく
時計　　*ネックレス　　指輪 とけい　　　　　　ゆびわ	*する
ネクタイ　*ベルト	*締める し
帽子 ぼうし	*かぶる
*眼鏡 めがね	*掛ける か
かばん　　　*ハンドバッグ	*持つ も

（例） 田中さんは白いシャツを着ています。
れい　たなか　　しろ　　　　き

A　田中さん
たなか

B　水野さん
みずの

12課

C　森田先生
　　もり た せんせい

D　山田先生
　　やま だ せんせい

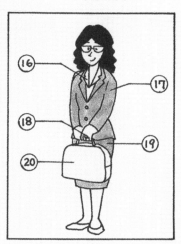

２．絵を見て答えなさい。
　　　え み　　こた

（例）A：小林さんはどの人ですか。
　　　　こばやし　　　　　　ひと

　　　　B：小林さんは黒いセーターを着ている人です。
　　　　　　こばやし　　くろ　　　　　　　　き　　　　ひと

１．アリフさんはどの人ですか。　🔒 スーツを着ている
　　　　　　　　　　　ひと

２．アンナさんはどの人ですか。　🔒 ワンピースを着ている
　　　　　　　　　　　ひと

３．水野さんはどの人ですか。　🔒 きものを着ている
　　みずの　　　　　　ひと

４．ラヒムさんはどの人ですか。　🔒 中ぼうしを かぶって
　　　　　　　　　　　ひと　　　　　　ぼうし

５．木村さんはどの人ですか。　🔒 眼鏡を掛けて
　　きむら　　　　　　ひと　　　　めがね

６．チンさんはどの人ですか。　🔒 セータを着ている
　　　　　　　　　　　ひと　　　しろいぼ

７．田中さんはどの人ですか。　🔒 ネクタイを しめて
　　たなか　　　　　　ひと

８．リサさんはどの人ですか。　🔒 みぢかいスカートをはいて
　　　　　　　　　　　ひと

９．森田先生はどの人ですか。　🔒 コートを着ている
　　もりたせんせい　　　　　ひと

１０．小林さんはどの人ですか。　🔒 黒いセーターを
　　　こばやし　　　　　ひと

3．例のように言いなさい。
　　れい　　　　　　　　い

（例）*かぎ　*かかる
　　れい

　　→　かぎがかかっています。

１．*電気スタンド　つく　🔒 がついています
　　でんき

２．*ストーブ　消える　🔒 消えています
　　　　　　　き

３．ドア　開く　🔒 開いています
　　　　あ

４．窓　閉まる　🔒 閉まっています
　　まど　し

５．空　晴れる　🔒 晴れています
　　そら　は

６．空　*曇る　🔒 曇っています
　　そら　くも

７．かぎ　かかる　🔒 かかっています

12 課

4. 絵を見て例のように文を作りなさい。

（例）タクシー乗り場に人がおおぜい並んでいます。＿＿＿＿＿＿＿＿

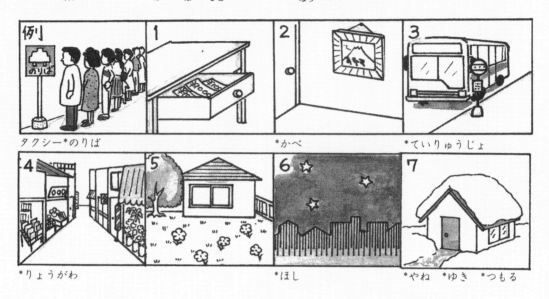

タクシー*のりば
*かべ
*ていりゅうじょ
*りょうがわ
*ほし
*やね　*ゆき　*つもる

5.｛　　｝の中から適当な動詞を選んで、適当な形にして言いなさい。

1.｛開く　開ける｝

　a. 暑いですから、窓を ＿＿開けて＿＿ ください。🔓

　b. もうすぐ電車が駅に*着きますよ。ドアが ＿＿開き＿＿ ますから、
　　 *注意してください。🔓

2.｛入る　入れる｝

　a. 授業が始まりますから、教室に ＿＿入って＿＿ ください。🔓

　b. あなたは紅茶にレモンを ＿＿入れ＿＿ ますか。🔓

3.｛止まる　止める｝

　a. この電車は*次の駅には ＿＿止まり＿＿ ません。🔓

　b. 小林さんは公園の前に車を ＿＿止め＿＿ ました。🔓

12課

4．{つく　つける}

　　a．ニュースの時間ですから、テレビを___つけて___ください。🔒

　　b．*スイッチを*入れましたが、電灯が___つき___ません。🔒

5．{閉まる　閉める}

　　a．早く電車に乗ってください。ドアが___閉まって___しまいますよ。🔒

　　b．ドアを___閉める___ときは、静かに___閉めて___ください。🔒　🔒

6．{掛かる　掛ける}

　　a．わたしは壁に円い時計を___掛け___ました。🔒

　　b．玄関に___掛かって___いる黒い帽子はだれのですか。🔒

7．{消える　消す}

　　a．*ろうそくが___消えて___しまいました。*もう一度つけてください。🔒

　　b．*出掛ける前にストーブを___消して___ください。🔒

8．{並ぶ　並べる}

　　a．ここにあるいすをホールに___並べて___ください。🔒

　　b．切手を買う人はここに___並れで___ください。🔒

6．例のように言いなさい。

　（例）先生は黒板に漢字を書きました。

　　→　黒板に漢字が書いてあります。

1．先生は壁に*地図を張りました。🔒
　　が　はって　なります

2．アリフさんは靴を磨きました。🔒
　　が　磨いて　なります

3．アンナさんは黒板に犬の絵をかきました。🔒
　　が　かいて　なります

12課

4. わたしたちは部屋の*真ん中にテーブルを*置きました。🔓
   <small>へや　ま なか　　　　　　　　　　　お</small>
   *（手書き）*中央 駐場 がおいてなります

5. マリアさんはテーブルの上に花を飾りました。🔓
   <small>うえ はな　　かざ</small>
   *（手書き）*が かざってなります

6. チンさんはコップをきれいに洗いました。🔓
   <small>あら</small>
   *（手書き）*がきれいにあらてなります　形動+に ⇒修飾V

7. 兄はビールを買いました。🔓
   <small>あに　　　　　　か</small>
   *（手書き）*が 買ってなります　有人把啤酒買好了

8. 姉は部屋の中に洗濯物を干しました。🔓
   <small>あね へや なか せんたくもの　ほ</small>
   *（手書き）*晾衣服 がホレてなります

9. わたしはカレーを作りました。🔓
   <small>つく</small>
   *（手書き）*が 作ってなります

10. リサさんはテーブルにお皿を並べました。🔓
    <small>さら なら</small>
    *（手書き）*が 並べてなります

11. 先生は教室のドアを閉めました。🔓
    <small>せんせい きょうしつ　　　し</small>
    *（手書き）*がしめてなります

12. わたしは門の前に車を止めました。🔓
    <small>もん まえ くるま　と</small>
    *（手書き）*が止めてなります

13. 父は壁に時計を掛けました。🔓
    <small>ちち かべ とけい　か</small>
    *（手書き）*がかけてなります

14. 母はドアにかぎを*かけました。🔓
    <small>はは</small>
    *（手書き）*が かけてなります

7.「～ています」か「～てあります」を使って文を作りなさい。
<small>つか　　　ぶん つく</small>

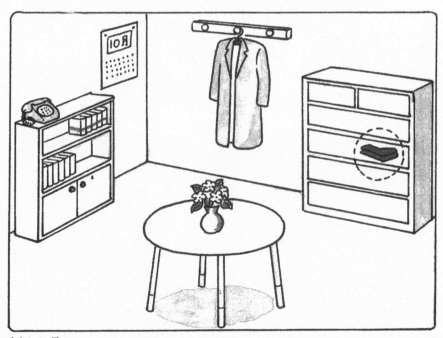

*カレンダー

1．本は本棚に_____。🔓
　　ほん　ほんだな

2．コートは*ハンガーに_____。🔓

3．靴下は引き出しに_____。🔓
　　くつした　ひ　だ

4．壁に_____。🔓
　　かべ

5．テーブルの上に_____。🔓
　　　　　　うえ

6．本棚の上に_____。🔓
　　ほんだな　うえ

7．部屋はきれいに掃除が_____。🔓
　　へや　　　　　　そうじ

8．「あります」か「います」を入れて言いなさい。
　　　　　　　　　　　　　　い　　　い

1．兄は大学で経済の勉強をして___います___。🔓
　　あに　だいがく　けいざい　べんきょう

2．先生は黒板の前に立って___います___。🔓
　　せんせい　こくばん　まえ　た

3．教室の*隅にくずかごが置いて___あります___。🔓
　　きょうしつ　すみ　　　　　　お

4．わたしは学校の寮に*住んで___います___。🔓
　　　　　　がっこう　りょう　す

5．マリアさんは*茶色の靴をはいて___います___。🔓
　　　　　　　　ちゃいろ　くつ

6．このコップはきれいに洗って___あります___。🔓
　　　　　　　　　　　　あら

7．わたしは先週からこの*風邪薬をのんで___います___。🔓
　　　　　　せんしゅう　　　かぜぐすり

8．今夜は*月が出て___います___。🔓
　　こんや　つき　で

9．この箱にはコートやセーターが入れて___あります___。🔓
　　　　はこ　　　　　　　　　　　　い

10．父は大変*太って___います___。🔓
　　ちち　たいへん　ふと

11．兄はとても*やせて___います___。🔓
　　あに

12．部屋の中に洗濯物が干して___あります___。🔓
　　へや　なか　せんたくもの　ほ

13．リサさんのピアノの先生はピアノを2台持って___います___。🔓
　　　　　　　　　　せんせい　　　　　だいも

9.（　）に「もう」か「まだ」を入れなさい。

1．A：食事は（　　　　）済みましたか。🔒
　　B：いいえ、（　　　　）済んでいません。🔒

2．A：授業は（　　　　）終っていませんか。🔒
　　B：ええ、（　　　　）終っていません。🔒

3．A：お父さんは（　　　　）帰りましたか。🔒
　　B：いいえ、父は（　　　　）帰っていません。🔒

4．A：日本へ来て何年ですか。
　　B：（　　　　）10年です。早いですね。🔒

5．A：日本語が上手になりましたね。
　　B：いいえ、（　　　　）下手です。🔒

6．A：弟さんは（　　　　）*独身でしょう。🔒
　　B：いいえ、（　　　　）結婚しました。🔒

10．友達に聞きましょう。

1．教室の電灯はついていますか、消えていますか。

2．窓は開いていますか、閉まっていますか。

3．黒板に何か書いてありますか。

4．*掲示板に何が張ってありますか。

5．壁にも何か張ってありますか。

6．このクラスに眼鏡を掛けている人は何人いますか。

7．＿＿＿＿＿さんの隣に座っている人はだれですか。

8．＿＿＿＿＿さんはどんな洋服を着ていますか。

12課

9. あなたのかばんはどこに置いてありますか。

　　かばんの中に何が入っていますか。

10. あなたはどこに住んでいますか。

11. あなたは日本へ来て何か月ですか。

12. あなたはもう片仮名を*覚えましたか。

13. あなたは小学校のときの先生の名前を覚えていますか。

14. あなたは冷蔵庫を持っていますか。

11. あなたの部屋についていろいろ話しなさい。

言いましょう

A：こばやしさんはどのひとですか。

B：しろいセーターをきているひとです。

同　意　書

大 新 書 局 殿

　日本学生支援機構東京日本語教育センター著作「進学する人のための日本語初級」の本冊文 、「同語彙リスト」、「同練習帳（1）」、「同練習帳（2）」、「同宿題帳」、「同漢字リスト」及び「同カセット教材」、「同ＣＤ教材」を、台湾において発行することを承認します。
　尚、本「同意書」は台湾で出版する「進学日本語初級Ⅰ」、「進学日本語初級Ⅱ」の本冊文、及び「宿題帳・漢字リスト」合冊本に奥付する。

2004年4月1日

独立行政法人　日本学生支援機構

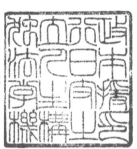

本書原名－「進学する人のための日本語初級 練習帳1 改訂版」

進學日本語初級Ⅰ　練習帳　改訂版

2008年（民 97）12月1日　第1版　第1刷 發行
2014年（民103）4月1日　第1版　第9刷 發行

定價 新台幣：160元

著　　者	日本学生支援機構 東京日本語教育センター
授　　權	独立行政法人 日本学生支援機構
發 行 人	林　　寶
發 行 所	大新書局
登 記 證	行政院新聞局局版台業字第0869號
地　　址	台北市大安區（106）瑞安街256巷16號
電　　話	(02)2707-3232・2707-3838・2755-2468
傳　　真	(02)2701-1633・郵政劃撥：00173901